5월 18일 그날의

황금동 여인들

5월 18일 그날의

황금동 여인들

초판 1쇄 2022년 2월 22일

지은이 제임스리
펴낸이 최지윤
펴낸곳 시커뮤니케이션
등록 제 2019-000012 호
팩스 0303)3443-7211
홈페이지 www.seenstory.co.kr
페이스북 https://www.facebook.com/seeseesay
이메일 seenstory@naver.com

서점관리 하늘유통

찍은곳 하정문화사

ISBN 979-11-88579-90-7

* 파본은 구입처에서 교환하여 드립니다.
* 책값은 뒤표지에 있습니다.

5월 18일 그날의

황금동 여인들

제임스리 소설

시커뮤니케이션

작가의 말

'10.26', '12.12', '5.18' 등 우리 역사에 굵직굵직한 획을 긋는 가장 암울한 시점에 필자는 강원도 전방부대에서 3년간 병역의무 중이었다. 당시 '5.18 광주'에 대해서 소식을 접할 수 있는 통로라고는 내무반에 있는 흑백 TV에서 방영되는 KBS 뉴스가 유일했다. '시민군'은 TV 뉴스에서 '폭도', '빨갱이'라는 원색적인 단어로 왜곡되었고 필자 역시 군인의 생리 상 자연스럽게 세뇌되어 그 진실을 알 길이 전혀 없었다.

비록 많이 늦었지만, 40년이 흐른 지금에 와서야 그동안 조각조각 단편적으로 알고 있었던 '5.18'의 진실에 접근하기 위해 광주시민들의 증언을 포함해서 해당 자료, 서적 등을 찾아가면서 그 역사의 퍼즐을 맞추는 작업을 하게 되었다.

그러나 이 글을 쓰기 전에 한동안 망설였다.

'5.18 광주'를 형상화한 소설, 영화 등 예술 작품이 이미 넘쳐나는데 또 그것을 소재로 쓰느냐, 라는 말들을 지인들에게서 여러 번 들은 터였기 때문이었다. 더 큰 이유는 당시의 역사적 무게감 때문에 감히 글로 옮기는 자체가 너무 어렵고 조심스러웠기 때문이었다.

그런데도 필자는 기존의 그 수많은 작품이 혹시 간과한 것은 없을까, 라는 시각을 통해 당시 그 뒤안길에서 묵묵히 자기 몫을 다한, 그러나 철저하게 소외된 그림자들을 세상 밖으로 끄집어내는 작업을 하고 싶었다.

이 책의 주인공인 당시 '황금동 여인'들의 역할에 대해서는 아직 정확한 증거는 없고 지금까지도 소문만 무성하다. 그 이유는 당사자들이 철저하게 침묵으로 일관해오고 있기 때문이다. 그러나 분명한 것은, 몇몇 광주시민들의 말을 종합해보면 그들이 '5.18민주화운동' 과정에서 보이지 않는 역할을 한 구체적 상황들이 여기저기서 포착된다.

일명 '황금동 콜박스' 일대는 화려한 유흥업소가 어깨를 마주하듯 다닥다닥 붙어있던 곳으로서 민주화의 상징인 금남로와 전남도청과 인접한 곳이었다. 민주화의 전초지였던 금남로와 가까운 곳에 있었던 '황금동 여인들'은 목숨을 걸고 당시 계엄군에게 쫓기던 시위 군중들을 안전하게 보호해주었고, 시위가 격화되었던 금남로 등지와 부상자들에게 수혈할 피를 구하는 병원의 헌혈 대열에도 적극적으로 나섰고, 계엄군에 맞서 던질 수 있는 화염병을 만들었고, 시민군을 위해 음식이나 자금 등을 제공했고, 상무관에서 쌓여있는 시신들을 관리하는 등 그녀들의 진심 어린 '선한 사마리아인'의 모습은 광주시민들이 그동안 마음 속에 장벽같이 높게 쌓아왔던 '성매매 여성'이라는 그녀들에 대한 부정적인 편견을 일시에 무너뜨리는 계기가 되었다.

그들은 '5.18'당시 목숨을 담보로 '대동 세상'을 꿈꾸며 자발적으로 그늘에서 묵묵히 눈물겨운 헌신을 한 것으로 전해지고 있다. 또한 그들은 바로 그 선행으로 인해 삶이 유린당하는 고문과 학대를 당했으면서도 지금까지도 역사의 증인으로 전면에 나서지 않고 조용히 시대의 흐름에 생을 맡긴 채 묻혀 지내고 있다.

사회로부터 철저한 이방인으로 멸시받고 손가락질 당해왔던 그네들의 '소리 없는 아우성'은 당시 생사의 갈림길이라는 절망의 절벽 끝에 서있던 광주시민들에게 작지만, 삶에 대한 긍정적인 희망의 불씨를 심어주었다. 그러나 그 선행에 대한 공식적인 기록은 어디서도 찾을 수 없었다.

필자가 이번에는 비록 제한되었지만 증언, 자료 속에서도 소설적 상상력을 총동원하여 이 글을 쓰게 된 이유는 아주 명료하다.

'5.18 광주'는 '황금동 여인들'에게 보이지 않는 마음의 빚을 졌기 때문이다.

저자 제임스 리

2022년 1월

대한민국 서울에서

목차

5월 18일 그날의

황금동 여인들

제임스리 소설

시커뮤니케이션

일상

1980년 5월 13일.

광주 금남로 부근 술집이 즐비한 '황금동 콜박스' 거리에는 초여름답지 않게 서늘한 기운이 선뜩 느껴졌다. 변덕스러운 날씨 때문인지 오늘따라 을씨년스러운 분위기를 풍겼다.

"여기 아가씨가 몇 명이나 있어요?"

지나가던 한 30대 취객이 업소 문을 드르륵 열더니 서울 말씨로 여자 주인장에게 물었다.

"일곱 명 있소. 아가씨들 써비스 끝내 주능께 길가에서 서성거리지 말고 후딱 들어오셔."

땅딸막한 주인 여자가 나이에 걸맞지 않게 애교 섞인 공손한 말투로 그에게 말했다.

"야! 이 집에 아가씨들 많다니까 이리로 들어와!"

그가 뒤를 돌아보며 삼삼오오 모여 있는 직장 동료들에게 소리쳤다.

손님 여섯 명이 우르르 들어오면서 파리를 날리던 업소가 갑자기 시장 바닥처럼 시끌벅적해졌다. 손님들은 인근 식당에서 단체 회식을 마치고 2차로 이곳을 찾은 것으로 보였다.

"아따, 솔찬히 반갑소 잉."

주인장은 그들을 반갑게 맞으며, 약간 상기된 표정으로 아가씨들에게 소리쳤다.

"느그들 시방 뭣들 한다냐? 어서어서 손님들 방으로 모시지 않고!"

연신 함박꽃 같은 웃음을 피우며 호들갑을 떠는 그는 큰 방문을 활짝 열어 손님들을 자리에 앉혔다.

"아줌마! 뭐해? 아가씨들 빨리 대령해야지?"

아까 업소 문을 열고 물었던 남자가 주인장에게 치근거렸다. 소문을 듣고 동료들과 함께 이 업소를 처음으로 찾은 사람이었다.

"조금만 기다리셔잉."

주인장은 손님들에게 말을 마친 후 출입문 쪽으로 나오더니 아예 업소 문을 닫아걸었다. 오늘은 이 손님으로 매상을 올리려고 마음먹은 듯했다. 홀에서 대기하던 일곱 명의 아가씨들을 차례로 부르더니 방으로 들여보냈다.

방문이 닫힌 후 아가씨들은 군대에서 사열 받는 병사들처럼 한 줄로 쭉 늘어섰다. 젊은 여인들은 간단하게 자기소개를 했다.

"처음 뵈어요, 저는 스물다섯 살, 미희에요."

"저는 스물네 살, 상희입니다."

"저는 스물셋, 복희에요."

일곱 명의 아가씨들이 차례로 자기소개를 마쳤다.

"아줌마! 우리는 모두 여섯 명인데 아가씨들은 일곱 명이잖아? 한 명이 남는데?"

"남는 애는 혼자서 뭐하겠소? 그냥 같이 노셔잉."

주인장은 아가씨 팁을 한 명이라도 더 받아낼 속셈으로 음흉한 표정을 지으며 말했다.

"이왕 이렇게 모였으니 코가 비뚤어지도록 마시자!"

일행 중 한 남자가 굵은 목소리로 말했다.

"김군! 빨리 맥주 들여오지 않고 뭐하는가?"

주인장은 아가씨들을 손님들 사이에 차례로 앉히자마자 홀에서 잔심부름을 하는 사내 아이에게 소리쳤다.

"아줌마! 소문 듣고 왔으니 빨리빨리 '계곡주'부터 대령하셔."

"야들아! '계곡주' 대령하랍신다."

주인 여자의 말에 아가씨들은 누가 먼저랄 것 없이 모두 숙달된 솜씨로 속옷까지 모두 훌러덩 벗었다.

사내들은 눈이 휘둥그레지며 침을 꼴깍꼴깍 삼켰다.

"이왕 이렇게 된 거 우리도 모두 벗고 진탕 놀아보자."

한 사내의 제안이 끝나기가 무섭게 남자들도 모두 옷을 벗어 방 한구석으로 아무렇게나 던졌다. 큰 방에 있는 열세 명의 남녀들은 모두 실오라기 하나 걸치지 않았다.

미희가 제일 먼저 병따개로 맥주병을 딴 후 방바닥에 눕더니 자기 몸 위에 맥주를 쏟아 부었다. 맥주가 가슴을 타고 한껏 오므린 사타구니에 서서히 고였다.

"우와!"

"브라보!"

사방에서 거친 탄성들이 터져 나왔다.

"야! 누구부터 '계곡주' 마실래?"

한 사내가 말을 꺼냈다.

"이곳에 우리를 끌고 온 너부터 마셔!"

"그래, 그래."

사방에서 동조하는 말들이 쏟아졌다.

처음 이 업소 문을 열고 아가씨가 몇 명 있느냐, 라고 물었던 사내가 약간 긴장된 표정을 짓더니 이내 바닥에 누워있는 미희에게 다가갔다.

그는 그윽한 눈길을 한 채 그녀의 목덜미를 시작으로 오뚝 솟은 젖꼭지, 창백한 배를 거쳐 검은 숲이 우거진 사타구니에 고인 맥주를 한 방울이라도 놓칠 새라 샅샅이 핥았다.

"으음……."

미희의 입에서 약간의 신음 소리가 새어나왔다. 그러나 그녀는 늘 겪는 상황이라 아무런 감정도 느끼지 못했다. 그저 빨리 이 시간이 지나가기를 바랐다.

옆에서 이를 지켜보던 사내들은 목젖을 출렁거리며 침을 꼴깍꼴깍 삼켰다.

"좋다, 좋아!"

사내들은 붉게 취기가 오른 얼굴들을 하고서는 탄성을 쏟아냈다.

"다음은 누구 차례냐?"

한 사내가 아가씨들을 돌아보며 물었다.

"제 차례에요."

미희가 일을 마치자 이번에는 그 옆에 앉아있던 상희가 대답했다. 그녀는 미희가 조금 전에 했던 것처럼 거침없이 바닥에 눕더니 맥주병을 따서 맥주를 가슴부터 들이부었다.

"이번에는 내 차례야."

상희 옆에 앉아있던 사내가 흥분의 도가니 속에서 상희의 몸 구석구석을 혀로 핥기 시작했다.

"야! 정신 차려! 하하!"

넋을 잃고 이 광경을 지켜보던 건너편 사내가 옆에 있는 동료를 향해 소리쳤다.

"와우, 와우!"

사방에서 사내들의 괴성과 함께 팁으로 만 원권이 공중에 전단처럼 뿌려졌다.

사방에서 농익은 대화가 끊임없이 이어졌다.

얼마나 시간이 흘렀을까.

돌아가며 '계곡주' 행사를 마친 이들은 모두들 부어라 마셔라하며 기세 좋게 맥주를 단숨에 입에 들이부었다.

"오늘은 이대로 쭉 가는 거야!"

"코가 비뚤어지게 마시자!"

"야! 누가 멋들어지게 한 곡조 뽑아봐!"

사내들이 술에 잔뜩 취해 혀 꼬부라진 소리로 돌아가며 외쳤다.

"사랑에 속고, 돈에 울고……."

"아싸, 살리고, 살리고!"

"꽃피는 동백섬에 봄이 왔건만……."

"아싸, 아싸!"

"나 어떡해, 너를 잃고 살아갈까……."

누구라고 할 것 없이 가요, 뽕짝 메들리를 목청 높여 부르자 방 분위기는 열기가 넘쳐흘렀다.

따다닥- 따다닥-

아가씨들은 상 위에 있는 젓가락을 집어 능숙한 솜씨로 반주를 맞추었다. 얼근한 술기운과 함께 목청 높여 부르는 노랫소리가 착착 감기는 젓가락 반주 소리에 실려 골목에 울려 퍼졌다.

십여 명의 불콰한 남녀가 실오라기 하나 걸치지 않은 채 정육점에 걸려있는 고깃덩어리들처럼 갖가지 자세로 질펀하게 노는 모습은 '소돔과 고모라'를 연상케 하고도 남았다.

오늘 막판에 매상이 많이 올라 기분이 좋은지 카운터에 앉아있던 주인 여자는 평소 찌푸리고 있던 양미간을 활짝 핀 모습이었다. 그녀는 상기된 표정으로 맥주 한 박스를 공짜로 방으로 더 들여보냈다.

광란의 분위기는 절정을 향해 치닫고 있었다.

1차가 막바지에 이르자 아가씨들이 하나둘씩 자기 손님을 데리고 구석진 쪽방으로 향했다. 천장에 간신히 대롱대롱 매달린 빨간 전구와 누추하게 깔린 이부자리가 서로 부자연스럽게 공존하는, 방음이 전혀 되지 않는 쪽방이었다.

얼마 지나지 않아 쪽방 이곳저곳에서 손님과 아가씨들의 신음이 불협화음을 일으키며 동시다발적으로 요란하게 흘러나왔다.

시간이 흘러 얼굴에 만족한 표정을 한 사내들이 아가씨들의 부축을 받으며 쪽방 문을 열고 나왔다.

"너는 고향이 어디냐?"

계산을 끝낸 한 사내가 미희를 찬찬히 뜯어보며 물었다.

"서울이에요."

"서울? 우리도 서울에서 출장 왔는데."

"아, 그러셔요?"

"서울에서 광주까지 멀리도 왔네?"

"……."

미희는 서울 한구석 달동네가 고향이라는 말을 차마 하지 못했다. 아니, 어쩌면 당시 추억을 소환하고 싶지 않아서였을지도 모른다.

미희는 손님을 배웅하고 다시 업소로 들어왔다. 손님들이 진탕 놀고 간 자리는 한바탕 폭풍이 휩쓸고 간 듯이 어수선했다. 그들이 업소를 썰물같이 빠져나가자 고요가 엄습해왔다. 아가씨들은 언제 그랬냐는 듯 가볍게 화장과 옷매무새를 고치고 다시 업소 앞에 앉아 지나가는 행인들에게 유혹의 손짓을 던졌다.

아가씨들의 노랑, 빨강머리 색만큼이나 울긋불긋한 업소 간판의 불빛이 밤의 열기와 함께 식을 줄 몰랐다.

밤은 소리 없이 깊어만 갔다.

5월 14일.

정오쯤이었다.

"야! 느그들 지금 몇 신디 아직까지 잠을 퍼질러 자고 있는 겨?"

"내가 몬산다, 못살아."

광주가 고향이라는 주인 여자의 따발총 같은 성화에 떠밀려 미희는 오후 늦게 간신히 눈을 떴다. 어젯밤도 여느 때와 같이 새벽까지 술손님을 받다보니 진이 빠진 탓인지 일어나는 게 여간 힘든 게 아니었다.

"상희야! 이제 일어나자."

미희는 몸을 일으키며 옆 자리에서 아직도 꿈속을 헤매고 있는 상희의 어깨를 흔들어 깨웠다. 다른 아가씨들은 아직도 꿈나라에서 좀처럼 벗어나지 못하고 이불 속에서 허우적거렸다.

"언니, 지금 몇 신데?"

상희가 떠지지 않는 눈꺼풀을 비비며 물었다.

"벌써 12시 넘었어."

"아웅, 좀 더 자고 싶은데……."

여기저기 잠이 덜 깬 아가씨들이 볼멘소리를 해댔다.

미희는 숙취를 달래기 위해 평소 잘 피지도 못하는 담배 한 개비를 찾아 입에 물고서는 라이터로 불을 붙였다. 아직도 팔팔한 20대 초의 나이인데도 온 몸이 물먹은 솜처럼 무겁게 축 늘어졌다.

금남로 인근 이곳 '황금동 콜박스' 업소들은 서로 어깨를 대고 다닥다닥 붙어있었다. 건물 내벽은 베니어 합판 위에 벽지와 신문지를 덕지덕지 바른 상태였다. 퀴퀴한 곰팡이 냄새와 벽지의 얼룩이 너무 익숙하게 다가왔다. 폭우라도 오는 날에는 슬래브 지붕 위로 굵직한 빗줄기가 북을 두드리듯 요란하게 쏟아져 내렸다. 시야에 들어온 창문 모서리에는 거미줄이 엉기성기 매달려 있었다. 바로 건너편 업소 내부도 한 눈에 다 들여다보일 정도로 좁은 골목은 오늘따라 오월이라는 계절이 무색하게 한기가 바닥으로부터 스멀스멀 올라왔다.

미희는 폐 속을 칼로 휘젓는 듯한 싸한 담배 연기에 얼굴을 일그러뜨리며 몇 번이나 발작성 기침을 해댔다. 이내 그녀는 몇 모금 피운 담배를 재떨이에 비벼 껐다.

그녀는 찌뿌둥한 몸을 추스르며 다람쥐 쳇바퀴 돌 듯 저녁이면 어김없이 들이닥치는 손님들을 위해 화장대 앞에 다시 앉았다. 그러고는 거울을 통해 찬찬히 자신의 얼굴을 뜯어보았다. 거울 속에 비친 그녀는 마치 하얀 성에가 잔뜩 낀 듯한, 또다른 모습이었다. 아직 20대인데도 피부가 탄력을 잃어버린 것 같아 속상했다. 시커먼 주근깨도 여기저기 좁쌀처럼 생겨났다. 왼손 새끼손가락 손톱은 수시로 물어뜯는 바람에 흉측한 모습으로 남아있었다.

그녀는 그동안 넝쿨처럼 비틀렸던 자신의 신세를 혼자 푸념했다. 낭떠러지 끝에 서있는 듯한 절박감에 매일 밤 몸서리쳤다. 뾰족뾰족하고 날카로운 절망이 그녀의 온몸을 마구 꿰뚫고 흘렀다. 그녀는 살얼음판 위를 아슬아슬하게 걷는 듯한 우울증 초기를 지나고 있었다. 통 갈피를 잡지 못하고 계속해서 갸우뚱거리며 심연으로 자꾸만 깊숙이 빠져 들어갔다. 엉킨 실타래 같은 현실이 더욱 더 헝클어졌다. 세상에 대한 서리 같은 분노가 아직도 마음속 깊은 곳에 뱀처럼 똬리를 틀고 있었다.

"언제쯤 이 생활을 벗어날 수 있을까?"

"시간의 파도가 언제쯤 나를 휩쓸고 갈까?"

그녀는 고단함이 덕지덕지 묻은 혼잣말을 조용히 뇌까렸다. 모처럼 창문을 통해 드리워진 햇살이 거미줄처럼 뒤엉킨 그녀의 생각을 이리저리 흩어놓기에 충분했다. 그녀는 한참을 멍하니 그동안의 일들을 되짚고 또 더듬어보았다.

서울 봉천동 달동네에서 외동딸로 태어났다. 지독한 가난과 폐병 환자인 부모로부터 벗어나고자 중학교도 중퇴하고 가출한 지 어언 10년. 세월이 쏜살같이 지나갔다. 그동안 직

업소개소를 통해 천안의 어느 부잣집 가정부, 부산의 한식당 종업원, 강원도 화천의 다방 종업원, 그리고 울산의 봉제공장 노동자를 거쳐 지금 이곳 광주의 유흥업소까지 흘러들어왔다. 밤마다 술을 퍼마시며 젓가락 장단으로 간드러지게 노래를 부른 후 2차로 업소 구석에 있는, 창문 하나 없는 쪽방에서 성매매를 하면서 지금까지는 잘 버티고 있다. 쪽방에는 스며든 빗물에 세계 지도처럼 얼룩진 벽지가 미친년 널뛰듯 너풀너풀 춤을 추곤 했다. 손님이 업소에서 썰물처럼 빠져나간 후에는 그녀 혼자서 술에 취한 채 거울 앞에서 엉키고 비틀린 자신의 신세타령을 늘어놓는 횟수가 점차 늘어났다.

생각을 멈춘 그녀는 손거울을 집어 들었다. 거울 속에 비친 일그러진 자화상이 아무 말 없이 그녀의 눈을 응시하고 있었다. 그녀는 이내 부스스한 머리를 다듬은 뒤 화장대 위에 이리저리 널브러져 있는 샘플 화장품들을 하나 둘 집어 들고는 얼굴 이곳저곳에 문질러댔다. 다른 아가씨들 역시 급히 화장을 하느라 업소 내부가 갑자기 왁자지껄했다.

조금 있으니 꽃단장을 마친 아가씨들이 하나 둘 나타났다.

“야, 이년들아! 가만히 있으면 밥이 나오냐, 떡이 나오냐?”

주인장의 빗발치는 목소리가 업소 천장을 쩌렁쩌렁 울리고도 남았다.

"시시덕거리지 말고 빨리 골목에 나가서 손님 한 명이라도 더 붙잡아 와야 할 거 아녀?"

그녀는 아가씨들을 향해 되알지게 쏘아붙였다.

일곱 명의 이곳 아가씨들은 밤이 되면 입술에 새빨간 립스틱을 바르고 속살이 다 보이게 반쯤 벗은 옷차림과 요염한 자태로 이곳을 기웃거리는 남정네들을 유혹하여 업소 안으로 데려와야만 했다. 그녀들은 1차로 웃음과 함께 술을 팔고, 2차는 구석에 있는 쪽방에서 손님들을 상대로 몸을 팔아야했다.

그나마 다행인 것은, 고향이 광주토박이라는 주인 여자가 평소 '욕쟁이 아줌마'로 통하고 성격도 무척 까칠하게 보여도, 알고 보면 같은 길을 걸어온 여자로서 잔정이 많아 아가씨들을 가족같이 대해주었다는 점이었다. 이 업소는 신문기사에 가끔 나오는 몇몇 성매매업소들처럼 아가씨들을 감금하거나, 탈출할까봐 감시를 붙이거나 하는 것과는 거리가 멀었다. 심지어 몇몇 아가씨들은 자유롭게 집에서 출퇴근을 하고 있었다.

오늘도 그녀들은 아예 업소 밖에 의자를 내다놓고 앉아서 창백한 젖가슴을 살짝 드러낸 채 행인들에게 분주히 추파를 던졌다.

"오메, 야들은 도청 앞 광장에서 뭔 일이 일어나고 있는지 궁금하지도 않는가? 그저 몸 팔아 돈만 벌면 되겄소?"

업소 앞을 지나가던 한 행인이 쯧쯧 혀를 차며 아가씨들을 나무랐다. 도청은 이곳 업소에서 엎드리면 코 닿을 거리에 있어서 그곳에서 행사나 집회가 있으면 이곳 '황금동' 골목에도 곧바로 소식이 전해졌다.

"뭔 일 있서라?"

한 아가씨가 그에게 물었다.

"직접 가보면 알 것이랑께."

"알았써라."

아가씨가 그에게 시큰둥하게 대답했다.

그녀 뒤에 서있던 미희는 행인의 말을 듣자마자 도청 방향으로 급히 발걸음을 옮겼다.

"전남대 정문에 학생들이 만 명 정도 몰려 들어서 가두진출했다고 하네잉."

도청 앞 인도에서 집회를 참관하던 한 시민이 옆 사람에게 말을 꺼냈다.

"그라게, 경찰이 최루탄을 쏘고, 곤봉을 막 퍼부어도 학상들이 도청 앞 광장까지 행진하는데 성공했다지."

미희는 수많은 시민들 속에서 최루탄 가스에 코를 꼭 움켜잡으면서도 학생들이 읽어 내려가는 성명서에 박수로 화답했다.

"전두환은 물러가라!"

"비상계엄 즉각 해제하라!"

한쪽에서는 우렁찬 학생들의 구호, 박수, 노래 소리가 뒤섞여 들려왔다. 광장을 뒤덮는, 좀처럼 알아 들을 수 없이 웅웅거리는 확성기 소리에 비례해 인파는 걷잡을 수 없이 불어났다. 도청 분수대 앞 광장에 모인 사람들의 열기는 그 어떠한 탄압도 이겨낼 듯 과히 폭발적이었다.

한편 경찰은 시위대의 가두진출을 제지하느라 진땀을 흘리고 있었다.

과거

5월 15일.

눈이 저절로 감기면서 잠이 스르르 올 듯한 나른한 늦은 오후였다.

"너는 왜 이곳까지 와서 개고생이냐?"

수인 여자가 자리를 비운 틈을 타서 미희가 옆에 있는 상희에게 넌지시 물었다.

이곳에서는 아가씨들 그 어느 누구도 스스로 얘기를 꺼내기 전에는 이곳까지 흘러들어온 이유를 절대 먼저 물어보지 않는 게 불문율이었다. 그래서 마음을 탁 터놓고 속사정 이야기를 한 적이 없기에 그냥 자기 처지와 같이 기구한 사연이 있을 것이라고 막연히 추측할 따름이었다.

"여기 사연 없는 사람이 어디 있을까요?"

상희는 무언가를 생각하다가 잠깐 말을 멈추더니 조심스

럽게 말을 꺼냈다. 그녀의 목소리는 옛 생각이 떠올랐는지 가느다랗게 떨렸다.

"저는 늦둥이 막내딸로 삼척에서 태어났는데, 중학교도 가지 못할 정도로 집이 찢어지게 가난했어요. 어느 날 밤, 뒷골목에서 동네 양아치들에게 끌려가 윤간을 당한 후 임신이 되었죠. 그 후 집을 뛰쳐나와 여기저기 돌아다니다가 직업소개소를 거쳐 이곳까지 왔어요."

두 무릎 사이로 머리를 파묻고 조용히 이야기를 듣고 있던 복희가 침묵을 깨고 말을 이었다.

"저도 집이 너무 가난해서 학교를 더는 다닐 수 없어 중학교를 중퇴했어요. 목포에서 서울로 무작정 상경한 후 외판원 일을 하다가 돈이 궁해 강남에 있는 한식당의 주방보조로 들어갔어요. 그때 그곳에서 허드렛일을 하던 남자가 저를 덮쳐서 임신이 되는 바람에 할 수 없이 결혼을 했어요. 그러다가, 어느 날 남편이란 놈이 영업시간이 끝난 후 다른 여자와 거시기하는 장면을 직접 목격하고서는 뒤도 돌아보지 않고 그 길로 다시 가출을 해서 여기까지 오게 되었죠."

잠시 후 한 아가씨가 복희의 얘기를 듣더니 그동안 굳게 닫았던 입을 천천히 열었다.

"저도 강원도 산골 가난한 집에서 태어났는데, 친오빠가 나를 강간했어요. 나중에 이 사실을 안 엄마가 오히려 오빠 편을 드는 바람에 그 길로 가출했죠. 그 후 이리저리 방황하다가 내 발로 직접 이곳 사창가까지 흘러들어오게 되었어요."

"……."

아가씨들 모두 공감한다는 표정을 지으며 한동안 말이 없었다.

"저는 통영에서 고등학교에 다니다가 아버지가 바람이 나서 집안이 쫄딱 망하는 바람에 그 꼴 보지 않으려고 무조건 가출했어요. 익산역에서 만난 어떤 아줌마가 다방에서 일하면 월 수백 만 원을 보장하고 선불금도 준다는 꾐에 웬 떡이야, 하면서 넙죽 그 아줌마를 따라가게 됐지요. 나중에 시간이 지나 찬찬히 알아보니까 나도 잘 모르는 선불금이라는 올무에 빼도 박도 못하게 걸려버렸지요."

손거울로 잠시 얼굴을 살피던 또 다른 아가씨가 말을 이어나갔다.

그녀 옆에 앉아있던 아가씨들 모두 그 입장을 잘 이해한다는 표정을 지었다.

"그렇지만 저는 악착같이 돈을 벌어 빚만 다 갚으면 고향으로 내려갈 거예요."

이렇게 말하는 그녀의 얼굴에는 이곳 생활에 대한 깊은 후회와 번민이 얼굴에 묻어났다.

여기저기서 자신들이 겪었던 경험담들이 피를 토하듯 쏟아져 나왔다. 납덩이같은 침묵이 아가씨들 사이로 잠시 흘렀다.

"물론 이중에는 험한 꼴을 당하며 한푼 두푼 모은 피 같은 돈을 고향 부모에게 보내는 효녀도 있겠지만, 대부분은 허리가 휘는 빚더미에 허덕이다가 몸만 너덜너덜 상하고 결국 빚을 다 갚지도 못하고 인생이 끝나고 말지."

미희는 다시 말을 이어갔다.

"빚을 갚지 못하면 어떻게 되나요?"

한 아가씨가 손으로 얼굴마사지를 하면서 어수룩한 표정으로 미희에게 물었다.

"빚을 갚지 못하면 결국에는 업소 주인이 또 다른 곳으로 헐값에 팔아넘기는 경우가 이 바닥에서는 흔해."

"외딴 섬에 팔아넘기는 그런 막장을 말하는 거죠?"

평소 엄지손톱을 잘근잘근 물어뜯어 손톱이 하나도 남아

있지 않은 또 다른 아가씨가 침묵을 깨고 물었다.

미희는 그녀를 쳐다보며 대답 대신에 조용히 고개를 끄덕였다.

"설마, 우리 주인아줌마가 우리를 그렇게까지 할까요?"

상희가 물었다.

"그러게요."

"주위에서 이야기 들으니 주인아줌마가 저렇게 악바리 같아도 잔정이 많아서 데리고 있던 아가씨들을 친딸처럼 잘 대해준다고 하던데요?"

"몇 년 전에 어떤 아가씨는 주인아줌마가 중매를 서서 덕분에 일평생 소원이던 면사포를 쓸 수 있었다던데……."

복희가 말을 이었다.

그녀들은 그동안 혼자서 마음속 깊은 곳에 숨겨두었던 이야기보따리를 찬찬히 꺼냈다.

"그건 그렇고 주인아줌마에 대해 뭐 좀 아는 거 있어?"

미희는 주인아줌마에 대해 어느 정도는 알고 있었으나 혹시 그녀가 모르는 이야기가 있을까 하고 물었다.

"잘 모르겠네요……."

한 아가씨가 고개를 갸우뚱하며 말꼬리를 흐렸다.

"주인아줌마는 이곳 광주가 고향이라고 하네요. 가정형편 때문에 우리와 같은 불행한 길을 걷다가 어렵게 모아놓은 돈 모두 사기를 당해 쫄딱 망했데요. 그 이후 빚쟁이들을 피해 도망치듯 십수 년간 정처 없이 이리저리 떠돌아다니다가 지인의 도움으로 이곳 '황금동'에 들어와 자리를 잡은 후 지금까지 이 업소를 운영한다고 들었어요."

옆에 있던 다른 아가씨가 그동안 들었던 이야기를 털어놓았다.

"주인아줌마가 쓰는 사투리를 자세히 들어보면 정통 광주 사투리가 아닌 것 같기도 하고."

"전국을 두루 누볐으니 이곳저곳 사투리가 뒤죽박죽 섞였겠지."

"우리가 쓰는 사투리는 어떻고?"

"호호호."

복희는 덧니를 살짝 보이며 활짝 웃었다.

"주인아줌마 빼고는 아가씨들이 전국 각지에서 이곳 광주에 다 모인 셈이네?"

"그러게."

"하하하."

아가씨들 사이에서 주인장에 대한 이야기가 계속 이어졌으나 그녀에 대해 제대로 알고 있는 사람은 단 한 명도 없었다.

드르륵-

호랑이도 제 말하면 온다더니 때마침 외출했던 주인장이 문을 요란하게 열며 들어왔다. 근처 재래시장에 갔다 오는지 양 손이 까만 비닐봉투로 가득했다.

"어찌 분위기가 싸하네잉, 뭔 일 있었는가?"

주인장 특유의 닦달이 시작되었다.

"아무 것도 아니에요."

미희가 분위기를 바꾸려는 듯 얼른 말했다.

"야들아! 오늘 서울역 광장에 학상들이 자그마치 10만 명 이상이 모여 시위를 벌이는 바람에 서울 도심자체가 마비될 정도였다라고 하네잉. 여기 도청 앞 광장에서도 학상들 집회가 열리고 있고……. 그나저나 나라가 왜 이렇게 시끄럽다냐?"

"……."

갑자기 업소 안에 정적이 흘렀다.

"자! 오늘은 상추튀김을 해먹으려고 장을 봐왔으니 이거 주방에 가지고가서 손질 좀 해라잉."

주인여자는 갑자기 화제를 바꾸며 검은 비닐봉투를 한 아가씨에게 내밀었다. 그녀의 목소리는 평소와는 다르게 과장될 정도로 밝았다.

"예."

한 명이 상추, 오징어 등을 손질하러 주방으로 들어갔다.

"상추튀김은 광주 음식인데, 다른 지방 사람들은 잘 모르더라구요."

"긍께."

"상추를 기름에 튀기는 게 아니라 튀김을 상추에 싸먹는 음식인데, 호호호"

"상추튀김에는 역시 오징어가 제일 궁합이 잘 맞지."

아가씨들은 언제 그랬냐는 듯 아까의 침울한 분위기를 훌훌 떨쳐내고 깔깔대기 시작했다.

조금 있으니까 주방으로부터 풍겨 나오는 구수한 오징어 튀김 냄새가 그녀들의 코를 자극했다.

"대충 익었으면 얼렁 가지고 오셔잉. 숨넘어가겠당께."

주인장이 주방에서 요리를 하고 있는 아가씨를 향해 소리쳤다.

"예, 금방 가져가요!"

주방에서 요리를 하고 있던 아가씨가 잽싸게 대답했다. 오징어튀김을 접시에 가지런히 담고는 미리 씻어둔 상추를 조그만 광주리에 옮겨 상을 차린 후 방으로 들어갔다.

"아줌마! 아, 하고 입 벌려보세요."

"그라지."

미희가 오징어 튀김을 상추에 싸서 주인장 입에 쏙 집어넣었다.

"아이고, 숨 넘어가겠다잉."

"김군! 니도 들어와 같이 먹자잉."

주인장은 밖에 있는 김군을 불렀다.

미희는 주인장이 맛있게 먹는 모습을 보자 엄마 얼굴이 떠올랐다. 이내 그녀는 고개를 좌우로 도리질을 하면서 애써 생각을 지웠다. 그녀는 접시에 있는 오징어 튀김 하나를 냉큼 젓가락으로 집더니 입술을 데어가며 후후 불면서 맛을 봤다.

오랜만에 그녀들은 두런두런 화기애애한 대화를 나누며 허공에 환한 웃음을 날렸다. 어린 시절 가족과의 정다웠던 추억들이 그녀들의 마음속에서 두서없이 교차했다.

시위 1

5월 16일.

어스름한 저녁이었다.

"아줌마, 아줌마!"

김군이 헐레벌떡 뛰어 들어오며 소리쳤다.

"왜 이리 호들갑이야?"

주인장은 방에서 화투짝으로 운세를 점치다가 방문을 열고 김군을 몹시 못마땅한 표정으로 쳐다봤다.

"금남로에 수 만 명의 시민이 모여서 횃불시위를 하고 있어요."

"뭐?"

"5.16 쿠데타 화형식도 열리고 있구요."

"시상에, 뭔 일이당가?"

주인장의 동공이 갑자기 커지며 얼굴 표정이 복잡해졌다.

당황한 기색이 역력했다.

"참말로 광주에 큰일이 났부렀네잉."

"어째야 쓰갔소?"

"왜요?"

김군이 그녀를 빤히 쳐다보며 물었다.

"그제도, 어제도 학상들이 시위하는 바람에 손님이 딱 끊긴 거 몰라서 묻능가?"

"오늘 장사도 다 글러부렀네잉."

주인 여자는 방 안을 이리저리 왔다 갔다 하며 안절부절 못했다.

"에휴! 부모들이 뼈 빠지게 쌀 팔아, 소 팔아 공부시켰너니 학상들이 하라는 공부는 안하고 웬 데모질이여?"

주인장은 창밖을 내다보며 걱정스러운 표정으로 구시렁거렸다. 그녀는 허둥거리며 쉽사리 말을 잇지 못했다.

오늘따라 업소가 있는 골목을 지나는 행인들의 얼굴이 유난히 굳은 채 침울해보였다. 요새 며칠째 손님들의 발길이 뚝 끊어지는 바람에 주인장부터 시작해서 아가씨들 모두 신경이 극도로 날카로워진 상태였다. 그녀 혼자 업소 안을 서성거리면서 중얼거리는 횟수도 크게 눈에 띄게 늘었다. 뭔가 말로 표현할 수 없는 이 뾰족한 느낌을 둥글게 다독여줄 그 무엇인가가 절실히 필요했다.

"그러고 보니 오늘이 5.16 쿠데타 19주년이네."

미희는 혼자 중얼거렸다. 그러고는 홀 선반 위에 놓인, 지지직거리는 잡음이 뒤엉켜 나오는 흑백 TV에 눈길을 돌렸다. 몇몇 아가씨들은 아무 말 없이 허공으로 담배 연기를 내뱉으며 TV뉴스 앵커의 목소리에 쫑긋 귀를 기울였다.

"여기서는 이 난리가 벌어지고 있는데 뉴스에는 왜 언급이 없지?"

구석에서 TV를 보던 상희가 말을 꺼냈다.

"그러게, 사방이 온통 아수라장인데……."

TV에서는 계속해서 정치 이야기가 흘러나왔다.

"저게 뭔 소리래?"

뉴스를 시청하던 한 아가씨가 옆에서 화장을 고치고 있는 또 다른 아가씨에게 물었다.

"낸들 알겠니?"

"나도 가방끈이 짧아서 뭔 소리인지 통 모르겠어."

"그러게 말이야."

아가씨들은 손거울을 꺼내 화장을 고치고 옷매무새를 가

다듬으면서도 가끔 기린처럼 창밖으로 목을 쭉 내밀고는 손님을 기다렸다.

이때였다.

업소 문이 드르륵 열리더니 20대 초반으로 보이는 대학생이 전단지 한 묶음을 안으로 휙 던졌다. 그러고는 쏜살같이 골목길 안으로 사라졌다.

"이게 뭐시여?"

방안에 있던 사람들은 동시에 눈이 휘둥그레졌다.

학생이 급히 던지고 간, 교과서 크기의 전단지는 현재 열리고 있는 '금남로 횃불집회'를 알리는 내용이었다.

전단지에는 붉고 큰 글씨로 유신체제와 5.16 군사쿠데타를 응징하자, 라고 쓰여 있었다.

"조만간 정말 큰 일이 나긴 나겠네……."

미희는 전단지 내용을 보면서 최근 부쩍 늘어난 격렬한 시위가 생각나 혼자 뇌까렸다.

그녀가 울산의 한 봉제공장에 있을 때 야학을 운영하던 운동권 대학생들의 '전단지 사건'을 떠올렸다. 공장에 대자보를 붙이고 전단지를 만들어 뿌렸던 대학생들은 결국 쥐도 새도 모르게 감쪽같이 사라져버렸다. 야학을 했던 장소도 모두 폐쇄되었다. 검정고시라도 볼 요량으로 못 배운 한을 풀어보려던 미희의 향학열도 거기서 그렇게 끝나버렸다. 그 후 미희는 평소 앓아오던 우울증이 도지면서 모든 것을 포기한 채 지금 이곳까지 흘러 들어왔다.

"아줌마! 어차피 손님도 없는데 우리도 금남로에 가봐야 되는 거 아녜요?"

미희가 말했다.

"저 년이 말하는 꼬라지하고는……."

주인장은 눈에 뭐가 들어갔는지 손으로 눈을 힘껏 비비면서 말했다.

"손님이 없으면 니들이 이 업소로 오느라 진 빚더미는 어떻게 해결하려고 그라냐?"

"……."

이 말에 아가씨들 사이에 납덩이같은 무거운 침묵이 휩싸고 돌았다.

"기왕 얘기 나왔으니 말이제……. 니들이 금남로에 짠하고 나타나서 학생들하고 함께 구호를 외치고 노래를 부르고 하면 사람들이 뭐라고 할 것 같은가?"

주인장은 눈을 크게 뜨고 말을 이어 나갔다.

"옷 입은 거하며, 화장한 거하며, 껌까지 짝짝 씹고…. 한 눈에 몸 파는 년, 하고 척 알아보고 손가락질 안 하겠는가?"

주인장은 비록 현재 이런 업소를 운영하고는 있지만 적어도 지킬 것은 지키자, 라는 소신을 평소 가지고 있었다.

"도청 분수대 광장에서 연일 열리는 대규모 집회에 다른 업소 아가씨들이 나타나서 남정네들에게 시답잖은 유혹의 손길을 뻗치고 있다는 소문 들었제? 남사스러버라, 망신도 그런 망신은 없을 것이여."

주인장은 혀를 끌끌 차며 계속 말했다.

'황금동' 골목에 있는 다른 업소 아가씨들 몇 명이 손님들을 끌어오기 위해 도청 분수대 광장에 모인 남정네들에게 야한 모습으로 은밀하게 접근한다는 소문이 계속해서 돌고 있던 때였다.

"나도 이 장사를 하고는 있지만 이 미친 것들은 군중집회를 마치 명절대목으로 착각하고 있는 게 틀림없당께."

주인장의 하소연이 한동안 이어졌다. 그녀의 눈가에 얼핏 어두운 그림자가 스쳐 지나갔다.

결국 오늘은 손님도 일찍 끊기는 바람에 적막감을 이어가던 업소는 곧바로 문을 닫았다.

"상희야!"

주인장이 인근에 있는 집으로 떠난 것을 확인한 미희는 상희를 조용히 불렀다.

"아까 학생이 던져주고 간 전단지 붙이러 갈래? 그리고 도청 분수대 광장에 모였던 사람들이 버리고 간 담배꽁초나 휴지도 줍고."

미희는 상희를 쳐다보며 밝은 표정으로 말했다.

"예, 그래요, 언니."

그녀들은 한 손에는 전단지 묶음을, 그리고 다른 손에는 준비해간 풀 통과 큰 붓을 들었다. 난생 처음 떳떳한 일을 한다는 생각에 가슴이 북치는 소리처럼 요란하게 느껴졌다. 그녀들은 사람들 눈에 잘 띄지 않는 새벽의 어둠 속으로 총총히 사라졌다.

밤하늘에 보석처럼 박힌 별들이 아직도 빛을 발산하고 있었다.

5월 17일.

오후 내내 맑은 날씨에도 불구하고 이곳 '황금동 콜박스 거리'에는 최근 며칠간의 시위 때와는 결이 다른 긴장감이 잔뜩 감돌았다. 마치 연못 수면 위로 살짝 얼은, 창호지같이 얇은 얼음장에 금이 가서 곧 깨져버릴 것만 같은 그러한 분위기가 무겁게 거리를 짓눌렀다. 시나브로 살풍경한 밤이 찾아왔다.

"아줌마! 아줌마!"

밖에 있던 김군이 업소 안으로 급히 뛰어 들어오며 주인장을 찾았다.

"오늘은 또 무슨 일이여?"

주인장은 방문을 살짝 열고 내다보며 김군에게 물었다.

"저기여, 저기……."

김군은 숨을 헐떡이며 말을 잇지 못했으나 주인장은 궁금하기 그지 없었다.

"찬찬히 말해보더라고잉."

"금남로 일대부터 이곳 '황금동'까지 온통 플래카드와 벽보로 어수선해요."

김군은 숨을 크게 내쉰 후 차분차분 말했다.

"비상계엄이 전국으로 확대되었고, 김대중 선생님을 비롯해 사람들이 많이 연행되었다고 벽보에 적혀 있어요!"

"그리고 조금 전에는 전남대와 조선대에 배치되었던 공수부대원들이 시위하던 수많은 학생들을 개머리판으로 개 패듯 때리며 연행해서 어디론가 데리고 갔대요."

"뭐?"

파리를 날리고 있는 업소 안에 있던 사람들 눈이 동시에 휘둥그레졌다.

"김대중 슨상님까지 연행됐다고잉?"

"필시 이 나라에 무슨 일이 일어나는 게 틀림없당께."

"그러게 말이에요."

"이제 우리는 어떻게 되나요?"

사방에서 걱정스러운 말들이 걸러지지 않은 채 서로 오고 갔다.

"자자! 조용히 해보더라고잉."

주인장은 방문을 열고 나와 의자에 앉아있는 아가씨들 앞에 다가섰다.

"오늘도 손님이 없을랑가?"

"요새 손님이 한 명도 없어 속이 많이 상하지만, 그래도 어쩌겠어."

주인장은 생수 한 잔을 정수기에서 따라 마시면서 말을 이어나갔다.

"참내, 나라가 어찌 돌아가는지……."

"그렇다고 막연한 소문에 휩싸이지 말고, 모두들 입조심 하랑께."

"특히 미희하고 상희, 니들이 쪼깐 걱정이여잉."

"예……."

대답은 모깃소리처럼 기어들어가는 가느다란 목소리였다.

바깥세상과 단절된 업소 아가씨들에게는 창문을 통해 보이는 이 골목이 세상의 전부였다. 그들의 마음속 깊은 곳까지 하얗고 서늘한 바람이 부는 나날이 계속되었다.

자정이 되었다.

"문들 안 닫고 뭐하는 감?"

경찰관이 골목을 순찰하면서 '황금동' 업소들을 단속했다.

"손님이 가장 많을 시간에 왜 문을 닫는다여?"

"아직도 소식이 감감하네, 쯧쯧."

경찰관이 좌우로 머리를 도리질하며 말했다.

"아따, 이 아줌마, 잘 들어보랑께."

"오늘 24시를 기해 비상계엄이 전국으로 확대된 거 모른다냐? 서울에서는 난리가 났는디."

경찰관이 그녀에게 한심하다는 표정을 지으며 말했다.

"뭔 일 있어라?"

주인장은 대충 돌아가는 사정을 알면서도 아무것도 모른 척 걱정스런 표정으로 그에게 다시 물었다.

"김대중 슨상님을 포함해서 사회지도자들이 사회 혼란 배후조종 혐의로 연행됐당께."

"그라고 보안부대 요원들이 광주지역 대학교 학생회 간부들 집을 급습해서……."

"뭐여?"

"심야에 군홧발로 안방까지 들어가 권총을 들이대고 울부짖는 가족들을 팽개치면서 이들을 끌고 갔당께."

"이제는 학상들보다도 일반 시민들이 나설 차례 아닌가?"

"곧 광주에 피비린내가 진동할 것이구만."

두 사람의 대화는 제법 오랫동안 계속되었다.

서늘한 밤기운이 '황금동' 골목을 헤집고 다녔다.

시위 2

5월 18일.

아침은 다소 쌀쌀했으나 오후 들어 전형적인 화창하고 포근한 봄 날씨로 급변했다.

새벽까지 손님을 받느라 매번 늦게 일어날 수밖에 없는 아가씨들의 특성상 아직도 업소 안에는 적막감이 감돌았다. 제일 먼저 미희가 잠자리에서 일어났다. 그녀는 두 손을 위로 뻗어 한껏 기지개를 켰다. 그러고는 업소 창가 쪽으로 걸어 나왔다. 아직도 잠의 늪에서 완전히 벗어나지 못한 눈꺼풀을 비비며 밖을 내다봤다.

마침 행인 두 명이 골목에 서서 이야기하는 중이었다.

"조금 전 들은 얘긴데, 이미 주요 관공서와 거리에는 경찰, 군인, 공수부대원들이 장악하고 있다고 하네."

“오늘 아침에는 전남대에서 ‘계엄 해제’와 ‘계엄군 철수’ 구호를 외치던 학생들이 공수부대원들이 난폭하게 휘둘러대는 곤봉에 머리통이 깨지고, 많은 부상을 입고 진압됐데.”

“…….”

“계엄군과 학생들 간의 충돌이 격해지니까, 결국 공수부대를 시내에 투입하는 진압작전을 개시했다네.”

40대 중반으로 보이는, 뭔가에 쫓기는 듯한 표정의 남성이 주위를 한번 조심스럽게 휘둘러보더니 조용히 입을 뗐다. 그러고는 윗주머니를 뒤져 담뱃갑을 꺼냈다. 그는 담뱃갑 뚜껑 가장자리를 손톱으로 조심스럽게 돌아가며 뜯은 후, 담배 한 개비를 꺼내 무섭게 담배를 입에 물었다. 라이터로 불을 붙이자 담뱃불이 빨간 빛을 발하기 시작했다. 그는 하늘을 잠시 멍하니 바라보더니 이내 폐부 깊숙이 담배 한 모금을 쭉 빨아들였다.

“오늘 0시를 기해 언론. 출판. 방송의 사전검열, 정치인들의 연행, 각 대학에 대한 휴교령이 발표되었어.”

그는 담배 연기를 허공에 훅 뿜어대며 말을 이어나갔다. 담배를 빨 때마다 그의 초췌한 얼굴은 금방 괴물처럼 일그러졌다.

"당분간 몸조심하쇼."

그는 말을 마치자마자 담뱃불을 발로 짓이겨 끄고는 총총히 갈 길을 떠났다. 상대방 남자는 그의 뒷모습을 한참 바라보더니 그 역시 골목길 안쪽으로 서서히 걸음을 옮겼다. 아마도 운동권 시민들인 모양이었다. 그들의 시국 이야기가 그녀의 명치를 꽉 조여 왔다.

창문 밖 골목 표정은 정적이 돌며 바이올린 줄이 끊어지기 직전과도 같은 팽팽한 긴장감이 감돌았다. 골목 어귀에 사복 경찰들이 서성거리고 있는 모습이 그녀의 눈에 확 띄었다. 건너편 건물에서는 한 남자가 문틈 사이로 목을 쭉 내민 채 걱정스런 표정으로 사방을 두리번거렸다. 지나가는 행인들이 삼삼오오 모여 무언가 열심히 이야기를 나누는 모습도 보였다.

"드디어 올 것이 오는구나."

미희는 당시 봉제공장에서 일할 때 야학을 가르쳤던 대학생 언니, 오빠들이 늘 입에 달고 살았던 '독재 타도', '민주주의', '자유'라는 단어에 이미 익숙한 터였다. 오늘 두 사람의 대화 내용을 자세히는 알아들을 수 없었지만 간간히 튀어나오는 단어들이 거부감 없이 그녀에게 다가왔다.

"이게 뭔 소리지?"

미희는 하늘을 쳐다봤다. 평소 보지 못했던 헬리콥터가 귀를 때리는 굉음을 내며 바쁘게 광주 상공을 계속해서 선회하고 있었다. 뭔가 타는 냄새와 함께 매캐한 연기가 바람을 타고 골목을 휩쓸고 다녔다. 이어서 묵직한 시위대의 함성 소리도 간간히 들렸다.

"시위대를 좇는 헬기인가?"

미희는 혼자서 중얼거렸다.

같은 날 늦은 저녁이었다.

미희는 선반 위에 놓여있는 구형 흑백 TV를 켰다.

광주 지역 파출소들이 폭도들에 의해 파괴되었습니다. 다음은 계엄군이 폭도들이 던지는 돌에 맞아 피를 흘리는 장면입니다.

마침 TV 뉴스에서는 아나운서들의 앵무새처럼 판에 박힌 코멘트와 함께 '계엄군이 피를 흘리는 장면'을 계속해서 보여주고 있었다.

"언니, 뭐해?"

잠시 후 상희가 그녀가 앉아있는 창가 쪽으로 다가오며 물었다.

"저것 좀 봐라."

그녀는 상희에게 TV화면을 가리켰다.

긴급속보입니다. 오늘 전라도 광주를 중심으로 뭉게구름 같은 폭도 및 불순분자들이 대규모로 운집하여 소요사태를 일으켰습니다. 현재 들어온 소식에 의하면, 폭도 및 불순 분자들은 시내 무기고를 습격하여 상당량의 총기, 폭탄, 트럭, 장갑차량 등을 탈취하였습니다. 대한민국의 민주체제를 전복시키기 위해 폭도 및 불순분자들은 광주시민들에게 유언비어를 전파하고 있습니다. 폭도 및 불순분자들의 소요사태에 정치적 혼란이 걷잡을 수 없이 확대 되고 있으며 또한 대한민국의 민주체제를 향해 직접적인 위협요소가 되고 있습니다. 이에 광주 시내 일원에 밤 9시부터 통행 금지를 실시하니 착오 없으시기 바랍니다.

"언니, 저게 말이나 되요?"

"그러게 말이다."

"왜 TV 뉴스에서는 학생이나 시민들이 계엄군의 곤봉에 맞거나, 대검에 찔려 피투성이로 죽어가는 모습은 보여주지 않냐고!"

TV 화면에는 돌, 화염병, 전소된 차량 등을 찍은 장면이 어지럽게 난무하고 있었다. 미희는 TV뉴스를 보며 마음속으로부터 터져 나오는 분노를 간신히 억눌렀다. 분노는 여전히 뿌연 재처럼 묻어나오는 듯했다.

"옆집 아저씨가 말하는데, 보도블록을 깨서 돌 부스러기를 만드는 작업은 시위대열 끝에 있는 아주머니들이 맡았다고 하던데."

"그 돌은 뒤에서부터 시위대 선두에 있는 학생들에게 전달되어 계엄군을 향해 던질 수 있었고……."

"전라도 사람들은 모두 죽여도 된다며?"

그녀들은 사람들에게서 주워들은 이야기보따리를 풀기 시작했다.

"상희야!"

조금 시간이 지나 미희가 상희를 불렀다.

"왜, 언니?"

"혹시 무슨 일이 일어나더라도 나 믿지?"

"왜 그래, 무섭게."

"아냐, 아냐, 아무 것도 아냐."

미희는 고개를 좌우로 격하게 흔들었다.

상희는 그녀가 평소와는 다른, 비장하게 입술을 꽉 깨물고 무슨 일이라도 저지를 것 같은 모습을 보이자 속 시원히 물어볼 수도 없었다.

상희가 자리를 뜬 후, 미희는 가출 당시 폐병을 앓고 한 평 남짓한 쪽방에 누워있던 아빠의 눈동자를 기억해냈다.

단란하게 살고 있던 미희의 집에 어느 날 밤 형사들이 갑자기 들이닥쳤다. 그들은 다짜고짜 그녀의 아빠를 연행해갔다. 근무하던 공장에서 그가 '독재 타도' 내용의 불온 전단지를 만들어 돌렸다는 이유에서였다. 그는 학창 시절에도 '불순 동아리모임'에 적극 가담했다는 이유로 수시로 경찰서 유치장에 끌려가곤 했다.

미희 아빠는 직장에서도 쫓겨나고 골방에서 담배와 술로 세월을 보내다가 폐병까지 얻어 자리에 꼼짝없이 누워버렸다. 결국 엄마가 생계를 위해 식당에서 파출부를 하면서도, 엄마는 한 번도 아버지를 원망하지 않았다.

미희네 가족은 서울에서도 달동네인 봉천동 사글세방을 전전긍긍했다. 미희는 찢어지게 가난한 현실이 지긋지긋해서 어느 날 밤 부모님 몰래 그냥 집을 나와 버렸다. 전국 각지를 돌면서 안 해본 일이 없을 정도로 열심히 살았다. 그런데 울산 봉제공장에서 근무할 때 50대 사장이 회사 회식 후 미희에게 술을 잔뜩 먹인 후 그녀를 강제로 강간했고, 그때부터 미희는 될 대로 되라는 식으로 인생을 막 살기 시작했다.

그녀의 마음은 툭 치면 봇물 터지듯 사회에 대한 반항심과 분노로 가득했다. 우울증까지 겹쳐 감정의 기복이 하루에도 천당과 지옥을 몇 번씩 오락가락했다. 그녀의 새끼손가락 손톱은 입으로 물어뜯어 하나도 남아있지 않았다. 최근에는 문을 닫고 실내로 들어오면 문고리가 제대로 잠겨있나 수십 번 이상 반복동작으로 손으로 만져가며 보고 또 보고 하는 이상한 버릇까지 생겨났다.

그러나 그녀의 기질은 아무리 부인하려고해도 아빠의 피를 속일 수는 없었다. '사람 장사'를 오래해 온 이곳 주인장은 그녀가 처음 업소로 왔을 때부터 그 성격을 척하고 알아봤다.

총소리 1

5월 19일.

오후부터는 이슬비가 부슬부슬 내리기 시작했다. 같은 날 오후 4시가 좀 지났을 무렵이었다.

업소는 여느 때처럼 손님 맞을 준비에 한창이었다. 아가씨들은 손거울을 꺼내 얼굴을 토닥거리거나 눈썹을 그리고 있었고, 김군은 걸레 자루를 들고 이리저리 구석구석을 닦느라 정신이 없었다.

"미희는 깡다구로는 데모대 선봉에 서면 딱이랑께."

주인여자가 뜬금없이 말을 꺼냈다.

"제가요? 호호."

미희가 미소를 띠며 말했다.

"조금 지나면 이곳 '황금동 콜박스' 업소들 아가씨들을 위한 노조도 만들겄네잉?"

"호호."

"하하하."

일곱 명의 아가씨들과 김군이 동시에 웃음을 터뜨렸다.

"성매매업소 노조라……."

미희는 얼굴과 옷매무새를 다듬으며 혼자서 실소를 머금었다. 하긴, 단발머리의 그녀는 첫 눈에 봐도 악다구니를 잘 하는 여자로 보였다.

"그건 그렇고, 며칠째 손님 커녕 쥐새끼 한 마리도 보이지 않으니 이를 어쩌면 쓰갔냐?"

"나라가 어수선해서, 우리만 그런 것은 아닐 거예요."

한 아가씨가 그녀를 위로하듯 말을 건네자, 다른 아가씨들도 맞장구를 쳤다.

"아줌마! 여기 전단지 좀 봐요."

김군은 오늘도 금남로에 나갔다가 헬기에서 뿌린 전단지 한 장을 손에 들고 업소로 들어왔다. 그로부터 전단지를 받아들고 내용을 훑어본 주인장의 얼굴은 금방 석고처럼 굳어졌다.

시민 학생 여러분, 이성을 잃으면 혼란이 가중됩니다. 지체 말고 즉각 해산하여 집으로 돌아가십시오. 여러분들은 지금 극소수 불순분자 및 폭도들에 의해서 자극되고 있는 것입니다. 시민이 가담하거나 동조하면 가정과 개인에 중대한 불상사가 닥칩니다. 그때 우리는 여하한 사태가 발생하더라도 더이상 책임질 수 없습니다.

"오늘 헬기에서 뭔가 뿌리는 것 같던데 이 전단지가 바로 그거네."

주인장은 그 전단지를 아가씨들에게 차례로 보여줬다.

이때였다.

어디선가 요란한 총성이 울렸다.

갑자기 골목 안이 부산해지더니 사람들이 웅성거렸다. 알 수 없는 공포의 절규가 발밑에서 시작해서 머리끝까지 물밀 듯이 몰려오는 것을, 그들은 느끼고 있었다.

"아줌마! 이거 총소리 아녜요?"

"어찌된 것이여?"

주인여자가 눈을 휘둥그레 뜨면서 급히 물었다.

"이 부근에는 군사격장도 없는디……."

한 아가씨가 여느 때처럼 기린처럼 목을 쭉 빼고 창밖을 내다봤다.

"아줌마! 광주고등학교 부근에서 계엄군이 발포해서 한 고등학생이 중상을 입어 병원으로 급히 실려 갔데요."

김군이 밖으로 나갔다오더니 오늘 발생한 사건 소식을 전했다.

"계엄군이 몰고 온 장갑차가 시민들에게 포위되자 발포했는데, 계엄군이 발포했다는 사실이 사방에 급속히 퍼지면서 흥분한 시민들이 격렬하게 시위를 시작했데요."

"주위에서 이를 지켜보던 시민들이 발을 동동 구르다가 결국에는 지나가는 행인들도 합세하고……."

김군은 계속해서 말을 이어 나갔다.

"도로에 있는 대형 화분을 넘어뜨리고, 보도블록을 깨서 계엄군에게 던지고……." "시위대도 철근, 파이프, 각목, 돌, 화염병으로 무장하고……."

김군은 숨이 넘어가듯 헐떡이며 사람들로부터 주워들은 말을 두서없이 계속 전달했다.

"금남로에 운집한 시민들이 시작한 시위가 광주 시내 전역으로 확산하고 있데요."

"파출소같은 건물이 시위대에 의해 불타니까, 공수부대가 잔혹하게 시민들을 구타하고 연행했구요."

"공수부대원들은 여자고 남자고 할 것 없이 체포된 시민들을 팬티만 입힌 채 무릎을 꿇게 한 뒤 머리를 땅에 처박게 하고 군홧발로 짓이겨버렸다고 해요."

"그러고는 피투성이 연행자들을 짐짝처럼 차곡차곡 쟁인 후 군용트럭에 싣고 어디론가 떠나버렸데요."

"정말이야?"

"……."

잠시 무거운 침묵이 업소 내부를 감싸고돌았다.

"그리고 전남대 의대 앞 골목길에서 10대 여자가 계엄군이 휘두른 대검에 가슴을 찔렸대요."

"세상에나, 정말 큰일이랑께."

주인장은 물을 벌컥벌컥 마시면서 중얼거렸다.

"TV 프로 재미있는 거 좀 없는가?"

주인장은 바깥 소식에 머리가 아픈지 계산대 위에 놓인 리모컨으로 TV를 켰다. TV에서는 평소처럼 태평하게 오락 프로그램을 내보내고 있었다.

"이 미친 것들은 왜 데모 소식은 전하지 않는 거여?"

그녀는 혼자 구시렁거렸다.

"드디어 터질 게 터졌네."

미희가 혼자 뇌까렸다.

“아줌마! 도무지 안 되겠어요. 손님도 없는데 잠깐 금남로에 갔다 올게요.”

“공수부대원들이 어떻게 인간사냥을 하는지 직접 내 눈으로 확인 좀 하고 싶어서요.”

미희가 평상시와는 다른 공손한 표정으로 부탁했다.

“야, 이 미친년아! 지금 그걸 말이라고 하는감? 손님도 뚝 끊겨 하루하루 어떻게 살아가나 걱정인디, 얘가 태평스런 얘기를 하고 자빠져부렀네.”

“매일같이 김군이 전해주는 바깥소식만 듣고 있을 거예요? 바깥세상을 제대로 봐야 앞으로 어떻게 할지 판단이 서지 않겠어요?”

미희도 밀리지 않고 대들 듯이 자기주장을 폈다.

“우리에게 더 이상 잃을 것이 남아있나요?”

“아줌마는 광주 토박이라면서요? 어떻게 광주시민들이 당하고 있는 것을 보고만 계실 거예요?”

미희는 그동안 몰래 밖에 나가서 시위대들을 위해 한 일들을 시치미를 뚝 떼며 말을 이어 나갔다.

주인장은 미희의 당돌한 태도에 턱을 오른손으로 만지작

거리면서 이리저리 왔다 갔다 했다. 뭔가 깊은 생각에 빠지는 듯한 모습이었다.

"그려, 니가 맞다잉."

"내가 태어난 '빛고을 광주'는 일제 강점기 때 '광주학생독립운동'이 일어났던 곳이여."

주인장은 계속해서 말을 이어나갔다.

"광주에 왜 '4.19혁명기념관'이 있는 줄 아능감?"

"맨 먼저 '3.15 부정선거'를 규탄하는 시위가 일어난 곳이 바로 이곳 민주화의 성지인 '금남로'여, '금남로'!"

"아무렴, 놈들이 아무리 옘병을 허고 지랄을 해도 이대로 가만히 앉아서 죽을 순 없당께."

그녀는 본인이 허겁지겁 말해놓고는 혹시 잘못된 것은 없는지 다시 그 말뜻을 곰곰이 곱씹는 표정이었다.

"……."

주인장의 예상을 벗어난 반전 모습에 아가씨들 모두 말문이 막혀버렸다.

"그동안 말은 안 했지만 나도 세상 돌아가는 건 다 안단 말여."

"계엄군의 잔혹한 진압에 광주시민들은 이제라도 계엄군

을 광주에서 몰아내야만 우리도 살아남을 수 있다는 사실을 깨달은 거제."

"우리끼리라도 뭉치지 않으면 몰살당하지, 아무렴."

"나도 살아 남아야하고."

"그래야만 니들도 살 수 있고……."

주인장은 평소와는 다른 말투로 계속 말했다.

"그동안 내가 평소에 니들에게 지랄을 떤 것은 다 너희들을 위해 그런 것잉께 다들 이해 했으면 쓰것다."

"이왕 말 나온 거, 미희야! 너 혼자 말고 누구랑 같이 후딱 갔다 오거라. 가서 우리가 뭔 일을 해야 도움이 될 건지를 잘 알아보거라잉. 죽더라도 뭔가 뿌듯한 일을 하다 죽었다, 라는 소리를 들어야하지 않겄냐?"

주인장은 잠시 호흡을 가다듬더니 이렇게 물었다.

"누구랑 같이 갈랑가?"

"상희야! 나랑 같이 후딱 나갔다오자."

미희는 평소 동생같이 잘 따르는 상희에게 말했다.

"그래요, 언니."

상희가 그녀에게 대답했다.

"근데 너희들, 옷은 여대생처럼 다소곳하게 갈아입고 나가야 쓰겄다. 화장도 좀 지우고. 사람들에게 몸 파는 년같은 모습을 절대 보이지 말랑께."

그녀의 말이 채끝나기도 전에 미희와 상희는 허둥대며 방으로 들어갔다. 그녀들은 마음이 풍선처럼 들뜬 채 화장을 열심히 지우고, 부지런히 옷을 갈아입고는 방을 나왔다.

"전혀 딴 사람 같네, 야들아! 그렇지 않냐?"

주인장은 뿌듯한 표정으로 아가씨들을 돌아보며 물었다. 그녀의 말투는 그동안 억눌려 살아왔던 자신을 포함해서 아가씨들이 일종의 연대의식을 가지고 드디어 사회로 진출하는 듯한 뉘앙스가 담겨 있었다.

"금방 갔다 올게요."

미희는 상희 손을 잡고는 쏜살같이 골목 안으로 사라져버렸다. 어둑어둑해진 거리에는 가랑비가 마치 모든 것을 씻어내리 듯 을씨년스럽게 내리고 있었다.

미희에게 바깥세상이 자유의 공기를 마시게 한 것은 잠시뿐이었다. 시위가 휩쓸고 지나간 현장은 글자 그대로 아수라장이었다. 거리 이곳저곳에는 부서진 공중전화 부스, 보도블록 조각과 돌멩이들이 어지럽게 나뒹굴고 있었다. 저 멀리 타이어를 태운 새까만 연기가 시내 전체를 송두리째

집어삼킬 듯이 무시무시하게 피어오르고 있었다. 엄청난 공포감이 엄습해왔다. 동시에 매캐한 최루탄 가스냄새가 바람이 불 때마다 콧구멍을 파고들었다.

"에, 에취!"

"쿨럭쿨럭!"

그녀들은 최루가스에 눈이 따가워 한동안 눈을 뜨지 못한 채 눈물을 흘리며 재채기를 해댔다. 목구멍 깊은 곳까지 붓는 느낌이었다.

"상희야! 얼른 마스크 꺼내서 써야겠다."

미희가 최루가스에 눈물을 흘리며 상희를 쳐다봤다.

"학생! 이리로 와 봐요."

미희는 건너편에서 최루가스에 눈을 뜨지 못하며 콜록거리고 있는 한 여자대학생을 발견했다.

"이거 바르면 좀 나을 거야."

그녀는 준비해 간 치약을 여학생의 코 밑에 발라주었다. 가방에서 미리 준비한 마스크와 물수건도 꺼내주었다.

"열심히 쓰고 다녀요."

"예, 감사합니다."

그 학생은 그녀에게 감사 표시를 한 후 반대 방향으로 쏜살같이 달려갔다.

거리 이곳저곳에 시민들이 우왕좌왕 어쩔 줄 모르고 허둥대는 모습이 눈에 띄었다.

총소리 2

5월 20일.

오전에 내렸던 비는 이제는 지쳤는지 그만 멈췄다.

"내 새끼 살려주쇼잉, 내 새끼!"

골목 모퉁이 전파상 앞에는 계엄군에 의해 자식을 잃은 한 아낙네가 땅바닥에 철버덕 앉아서 하늘을 원망하며 주먹으로 가슴을 치고 있었다.

목소리가 거의 나오지 않을 정도로 쉰 목으로 애절하게 통곡하는 모습이 미희의 눈에 띄었다. 지나가는 행인들은 남의 일 같지 않아 안타까운 심정으로 그 자리에 잠시 서서 같이 눈물을 훔치고 있었다.

"오늘은 신문도 들어오지 않네?"

미희가 상희에게 물었다.

"왜? 신문이 끊겼어요?"

"응."

"이곳 시위 소식도 제대로 싣지 못하는 신문이 뭐가 필요해요?"

"하긴."

"누나! 이거 훨씬 나을 거예요."

마침 김군이 밖에서 구해온, 대학생들이 만든 유인물을 그녀들에게 들이밀었다. 유인물은 급하게 만든 소식지 성격을 띤 것이라 종이 질도 나쁘고 조잡하게 보였지만 그동안 언론에서 전혀 접할 수 없었던 신선한 내용으로 가득했다.

어느덧 땅거미가 내려앉은 저녁이 되었다.

오후 7시쯤이었다.

오늘도 주인장의 허락을 받고 미희 혼자서 금남로로 향하고 있었는데 갑자기 요란한 자동차의 경적소리가 귀를 때렸다. 귀가 떨어져 나갈 것 같은 엄청난 굉음이었다. 금남로에는 이미 시민들로 발 디딜 틈조차 없었다. 시내 상가들은 시위 때문에 대부분 문을 닫았다.

"아침에는 비가 와서 시위가 잠잠했는데……."

미희는 급히 발길을 재촉했다. 그녀는 시위대 끝 쪽에 합류

하고 있었지만 저 멀리 트럭 위로 약 20여 명의 젊은이가 자기 몸보다 더 큰 대형 태극기를 힘차게 흔들고 있는 모습에 뭔지 모를 뭉클함과 함께 강한 연대감이 느껴졌다. 거리마다 파도처럼 세차게 출렁거리는 사람들의 물결이 도도하게 강처럼 흐르고 있었다.

잠시 후 대형버스와 트럭을 앞세운 수백 대의 영업용 택시들이 금남로를 향해 전조등을 켠 채 경적을 울리며 도청을 향해 행진했다. 이들 차량들로부터 뿜어져 나오는 시커먼 매연과 열기는 하루하루 먹고사는 이들의 분노를 하늘 끝까지 보여주는 것 같았다.

"민주 기사 드디어 봉기했다!"

어디선가 외침이 터져 나왔다. 양쪽 인도에 꽉 들어찬 시민들은 그 차량행렬을 따라 도청 쪽으로 걸어 나갔다. 수만 명의 시민들이 계엄군의 만행에 울분을 참지 못하고 이곳에 모인 것이었다. 엄청난 시위대의 함성, 구호, 민중가요가 그녀의 귀를 다시 세차게 때렸다.

"오늘 대법원에서 김재규를 포함해서 5명에 대한 사형이 확정되었다고 하잖소."

시위대에 휩쓸려 있던 미희는 50대 중반의 한 시민이 옆 사람에게 이야기하는 것을 무심코 듣게 되었다.

"뭐여?"

그 이야기를 듣고 있던 사람은 무척 놀라며 멍하니 하늘을 쳐다봤다.

미희 역시 놀란 표정으로 사방을 휘둘러보았다. 시위대 대열에는 학생뿐만 아니라 회사원, 노동자, 가정주부 등 계층을 가리지 않고 모두가 합세한 것 같았다. 한편 시위대에 참여한 시민들은 곧 다가올 영화 예고편 같은 혼돈의 폭풍을 미리 예감이라도 하듯 비장한 표정들이었다.

"모이자! 모이자!"

"살인마 전두환을 때려잡자!"

"비상계엄 해제하라!"

잠시 후 엄청난 구호가 뒤따랐다. 선두에서 손 마이크를 쥔 한 남학생이 카랑카랑한 목소리로 외치면 뒤에 따라오는 시위대가 이를 되받아 요란한 함성으로 목청 높이 소리쳤다. 미희는 집회를 진행하는 주최 측 모습이 군중들 때문에 가려져 잘 보이지 않게 되자 군중들 어깨너머로 열심히 깨금발을 디뎠다.

"동해물과 백두산이 마르고 닳도록……."

한 쪽에서는 애국가를 목이 쉬도록 불러댔다. 그녀는 애국가를 들으며 마음 한구석으로부터 스멀스멀 뜨거운 그 무엇이 올라오는 것을 느꼈다. 그녀 역시 나지막한 목소리로 애국가를 따라 불렀다. 그녀가 그동안 살아오면서 한 번도 느껴보지 못한, 마치 모두가 한마음으로 똘똘 뭉치는 세상이 온 느낌이었다.

"와우! 저기 좀 보소."

한 시민이 손가락으로 건너편을 가리켰다.

"외신 기자들이네."

몇몇 외신기자들이 계엄군과 시위대의 충돌로 인해 처참하게 변한 거리와 사람들 모습을 열심히 담았다.

시위대는 손에 화염병, 각목, 파이프, 곡괭이, 낫 등을 들고 돌멩이를 던지며 차량 엄호를 하면서 도청을 향해 함께 나아갔다. 그러자 공수부대가 필사적으로 2백여 대가 넘는 모든 자동차의 전조등을 깨버린 후 무자비한 진압으로 시위대를 밀어붙였다. 약 20여 분간 지속되었던 충돌은 많은 시민들의 사상자를 낸 채 소강상태로 접어들었다.

시간이 얼마나 흘렀을까.

"MBC방송국으로 쳐들어갑시다!"

선두에 있던 시민이 시위대를 향해 목청 높이 외쳤다.

"갑시다! 나를 따르시오!"

또 다른 시민이 손을 뻗어 군중들을 향해 손짓을 했다.

"빨리 갑시다!"

광주항쟁에 관해 단 한마디도 보도하지 않은 방송국에 군중들의 분노가 극에 달한 상황이었다. 미희도 시민들 대열에 휩쓸려 금남로에서 MBC방송국까지 시위대와 함께 구호를 외치며 걸어갔다. 그믐이 가까워 달빛도 없는데다 거리의 가로등도 모두 꺼져버려 온 세상이 먹물을 풀어 놓은 듯 깜깜했다.

밤 10시경이었다.

MBC방송국 부근에서 갑자기 폭음과 함께 시뻘건 불기둥이 하늘로 치솟더니 건물이 순식간에 불길에 휩싸였다. 불길을 보며 환호하는 군중들은 어느덧 인산인해를 이루었다. 오로지 화염에 휩싸인 방송국 건물만이 어두운 이 세상을 환하게 비추고 있을 뿐이었다.

"네로황제가 로마가 불타는 모습을 보면서 희열을 느꼈다지? 바로 이 기분이었을까?"

미희 역시 화염에 휩싸인 건물을 보자 그동안 가슴을 억눌렀던 뭔지 모를 체증이 한꺼번에 사라지는 것 같았다. 묘한 감정의 파문이 그녀를 지배했다.

상당한 시간이 흐른 것 같았다.

어디선가 총소리가 장막이 드리운 듯 캄캄한 밤하늘을 찢었다.

"광주역 방향에서 소리가 나는데?"

한 시민이 말했다.

"광주역으로 가보더라고잉."

다시 요란한 총성이 콩 볶듯 요란하게 울렸다. 허공에 번쩍하는 조명탄 섬광과 함께 총구에서 내뿜는 굉음이 고막을 때렸다. 사람들은 서둘러 역 쪽으로 발길을 옮겼다.

"주인아줌마가 빨리 안 들어온다고 성화할 텐데……."

미희는 잠시 망설였다가 이내 마음을 고쳐먹은 듯 시민들과 합류해 광주역 방향으로 함께 걸어갔다.

광주역에 다다르니 이미 공수부대의 집단 발포로 시민 몇 명이 피를 사방에 흩날리고 있었다. 머리, 팔, 다리가 따로 따로 잘려나가 너덜너덜한 형체로 죽어나간 처참한 장면이 그녀의 시야에 들어왔다. 바닥에는 검붉은 피가 지도처럼 번져있었다. 총소리에 놀라 겁에 질린 사람들이 숨을 곳을 찾느라 이곳은 지옥 그 자체였다.

매캐한 최루가스 냄새와 함께 부상당한 시민들을 병원으로 급히 이송하는 구급차들의 경적 소리가 계속해서 이어졌다. 거리에는 계엄군에 대항하가 위해 준비한 돌무더기, 각목, 타이어들이 너저분하게 흩어져있었고 계엄군의 발포를 피하느라 미처 챙기지 못한 구두, 고무신짝 여러 켤레가 주인을 찾지 못한 채 어지럽게 나뒹굴고 있었다.

이 광경을 직접 본 미희는 피가 갑자기 거꾸로 솟구치는 느낌이 들었다. 불안과 부정의 처음을 느낀 그녀의 마음은 갈기갈기 찢어신 언처럼 허공 속을 헤매는 듯했다.

“야! 이 개새끼들아!”

미희는 증오로 가득한 얼굴로 암흑의 밤하늘을 쳐다보며 미친 사람처럼 몇 차례 크게 욕을 해댔다. 그녀는 그동안 자기학대를 하며 자신을 철저히 부숴버리고 있었다. 그동안 어두웠던 시간들이 주마등처럼 그녀의 뇌리를 스치며 지나갔다. 그러나 이제는 그 죄책감을 훌훌 털고 벗어나고 싶었다. 그녀는 두 주먹을 불끈 쥔 채 심장이 터질 것 같은 전율을 느꼈다.

"야! 이 미친년아! 지금이 몇 시인데 시방 기어들어오는가?"

집에도 못 가고 미희를 눈 빠지게 기다린 주인장은 그녀를 보자마자 핏발이 잔뜩 선 눈을 하고서는 한참 욕을 해댔다.

"그렇게 쏘다니다가 계엄군의 총에 맞아 죽으면 좀 속이 시원할랑가?"

주인장은 아직도 분이 안 풀렸는지 가슴을 탕탕 치며 계속해서 소리쳤다.

마침 먼지가 켜켜이 쌓인 선반 위에 있는 라디오에서 긴급 속보가 흘러나왔다.

긴급 속보를 알려드립니다. 5월 20일 밤 그리고 5월 21일 새벽에 걸쳐 광주MBC방송국, 광주KBS방송국, 광주세무서 등이 폭도들의 방화로 인해 건물들이 차례로 불타버렸습니다…….

"야, 이것아! 라디오에서 나오는 저 소리 안 들리는가?"

주인장은 다시 미희를 향해 악다구니를 했다.

"폭도라뇨? 제 두 눈으로 똑똑히 봤어요!"

"저 사람들은 선량한 광주시민들이에요."

"방송, 신문기사 모두 다 믿을 수 없다구요!"

미희는 세차게 도리질을 하며 주인아줌마에게 우렁우렁한 목소리로 대들었다.

"이것 좀 보세요!"

"전일빌딩 근처에서 주운 유인물이에요."

미희는 꼬깃꼬깃 접은 유인물 한 장을 주머니에서 꺼내 보였다.

우리는 보았다. 사람이 개 끌리듯 끌려가 죽어가는 것을 두 눈으로 똑똑히 보았다. 그러나 신문에는 단 한 줄도 싣지 못했다. 이에 부끄러워 우리는 붓을 놓는다.

1980. 5.20. 전남매일신문 기자 일동

"나도 안다, 다 알아. 내가 왜 모르것니?"

유인물을 본 주인장의 목소리가 잦아들었다.

"다만, 니가 그러다가 진짜로 계엄군의 총에 맞아 죽을까봐 걱정돼서 그라지. 에휴, 이것아, 내 마음을 왜 그렇게 몰라준다냐?"

땅딸막한 체구의 주인장은 결국 어깨를 들썩이며 울먹였

다. 그러고는 미희를 와락 끌어안았다. 미희의 눈에서도 눈물이 펑펑 쏟아졌다. 가슴 한구석을 적셔오는, 오래도록 잊고 있었던 포근함이 마치 엄마의 품 같았다.

간헐적으로 들리는 총소리, 시위대의 함성, 그리고 차량의 경적소리만이 광주의 새벽을 간신히 지탱하고 있었다.

이렇게 미희에게 또 힘겨운 하루가 지나가고 있었다.

총소리 3

5월 21일.

다시 새벽이 찾아왔다. 오늘은 '부처님 오신 날'이다.

업소로 돌아온 미희는 옷도 제대로 벗지 못한 채 까무룩 잠이 들었다. 악몽을 꾼 그녀는 가위에 눌려 허우적거리다가 퍼뜩 눈이 떠지는 바람에 방에서 나왔다. 그러고는 전화 수화기를 들었다. 그녀는 최근 틈틈이 시외전화와 시내전화를 걸어 전화가 끊겼는지 확인하는 버릇이 생겼다.

뚜-뚜-뚜-

수화기에서는 불협화음인 신호음이 계속해서 그녀의 귀에 들려왔다. 다행히 시내 전화는 아직 연결되는데 시외전화는 먹통이었다.

"결국 시외전화 불통으로 광주는 외부와의 연락이 철저하게 두절 되었네…….”

“계엄군은 광주항쟁이 광주 밖으로 알려져서 국민들이 전국적으로 들고 일어날까봐 무척 두려운 게 틀림없어.”

“휴!”

그녀는 땅이 꺼져라 깊은 한숨을 내쉬었다.

정신을 다시 가다듬은 그녀는 조용히 업소 구석에 쌓아 놓은 맥주상자들 앞에 멈춰 섰다. 그동안 여기저기 다니며 주워온 계엄군에게 던질만한 크기의 돌멩이와 어젯밤까지 며칠 동안 틈틈이 만들었던, 시위대에 넘겨줄 화염병을 담아 놓은 상자였다.

그녀는 숨겨 놓은 상자들을 조용히 문 쪽으로 하나씩 들어 날랐다. 그러고는 그것들이 남의 눈에 띄지 않게 라면박스에 다시 차례차례 옮겨 담았다. 혼자 들기에는 꽤 무게가 나가 남의 손을 빌리지 않으면 무리였다.

“상희야!”

방으로 들어 간 미희는 상희의 어깨를 흔들어 깨웠다.

“아참, 오늘 상자를 옮긴다고 했죠?”

상희는 부스스한 머리를 한 채 일어나 손으로 눈을 비비며 말했다. 그러고는 급히 옷을 챙겨 입고 미희에게 다가왔다.

"모두 네 상자네요?"

"음, 그런데 이걸 어떻게 옮기지?"

"주방 쪽에 술 상자 들여올 때 사용하는 밀대가 있어요."

"아, 맞다, 그걸 왜 미처 몰랐지?"

미희는 주방 쪽으로 가서 밀대를 찾아 박스들을 차례로 실었다.

"우리 업소에서는 손님들이 마시고 난 빈 소주병, 맥주병들이 많아 화염병 만들 때 빈 병 걱정은 안 해도 되니 다행이네요."

"그러게, 호호호"

"'행주대첩'이던가? 그 당시 부녀자들이 돌멩이를 치마로 옮겼다는 일화가 있는데, 지금 딱 그 기분이 드네."

"계엄군들은 총으로 완전 무장했는데 광주시민들은 맨 손으로 싸운다는 게 말이 되니?"

"이거라도 던져야 되지 않겠어?"

미희는 라면박스에 있는 돌멩이 하나를 손으로 만지작거리며 말했다.

"당연하죠."

그녀들은 잠시 후 낑낑대며 밀대를 밀고 밖으로 나섰다. 서늘한 새벽공기가 폐부 속 깊숙이 밀려 들어왔다.

“빨리 도청 쪽으로 가보자!”

미희는 상희를 재촉하며 낑낑대며 밀대를 밀었다. 그녀는 황량하게 폐허로 변한 거리를 낯선 표정으로 휘둘러보았다.

“상희야! 저기 좀 봐라.”

“어디요?”

“저기.”

미희가 손으로 가리킨 건물에서는 아직도 검은 연기가 피어오르고 있었다. 거리는 지난 번 봤던 모습의 연속이었다. 완전 전소되어 흉측하게 찌그러진 차량잔해와 폐타이어, 보도블록 조각들, 부서진 공중전화 부스, 철조망 등이 괴물처럼 신음하듯 여기저기 널브러져있었다.

그녀가 도청에 가까이 다다르자 애절하게 호소하는 여성의 가두방송이 귀를 때렸다.

보십시오. 우리의 형제가 이렇게 죽었습니다. 지금까지 계엄군은 우리 형제자매의 시체를 탈취해 가고 단 한사람도 죽지 않았다고 보도하지만 여러분, 똑똑히 보십시오. 여기 우리 형제가 죽어 있습니다.

방송차 뒤에 연결된 리어카에는 태극기로 덮은 시신 두 구가 가지런히 놓여있었다. 태극기 사이로 삐져나온 두 구의 맨발이 허공에서 힘없이 흔들렸다.

이 방송은 시민의 가슴을 때렸다. 방송을 들은 시민들이 하나 둘 씩 나타나더니 금세 인파가 천 여명으로 불어났다. 인파는 금남로 쪽으로 몰려들었다.

같은 날 정오였다.

30만 명이 넘는 엄청난 시민들이 거리로 나서는 바람에 금남로 전체가 발 디딜 틈조차 없이 사람들로 꽉 들어찼다. 도청 옥상은 물론, 손자 손을 잡고 시위장에 나온 할머니부터 어린아이를 가슴에 안고 나온 가정주부들까지 시위대에 합세했다. 엄청난 인파가 만들어내는 거친 파도물결에 미희와 상희도 같이 휩쓸렸다.

"고속버스와 열차도 광주 시내로 진입할 수 없고, 언론으로부터도 철저하게 차단되어 이제 광주는 완전 고립된 섬이 되어버렸소."

한 시민이 현재 광주 상황을 이야기하자 옆에 있던 사람은 갑자기 분노에 찬 표정을 지었다.

"'부마사태'처럼 공수부대를 투입하기만하면 광주가 금방 잠잠해질 것으로 생각한 모양이야."

"긍께."

"말이 안되제."

"미친놈들!"

"이곳 광주를 우습게 본 죄가 어떻다는 것을 이번 기회에 우리가 똑똑히 보여줘야 된당께."

가슴속에 쌓인 거친 말들이 사방에서 터져 나왔다.

누가 시킨 것도 아닌데 주택가에서는 부녀자들을 중심으로 시위대를 위해 커다란 가마솥을 걸고 밥을 짓는 모습이 여기저기 눈에 띄었다. 또한 동별로 동네아낙들이 자발적으로 시위대에게 물, 김밥 등 먹을거리를 제공했다. 거리의 상점과 시장 상인들 역시 빵, 김밥, 음료수 등을 앞에 내놓고 시위대들이 아무 때나 요기를 할 수 있도록 배려했다.

한편 계엄군의 무자비한 탄압에 맞서 화염병, 각목, 파이프, 돌멩로 무장한 시민들 뒤로는 원색적인 구호로 휘갈겨 쓴 플래카드가 바람이 부는 방향에 따라 이리저리 흔들거리고 있었다. 충장로 일대 벽에는 잔혹하게 죽은 시신, 부상자들의 사진들이 게시되어 지나는 시민들의 눈시울을 붉혔다.

오후 1시.

애국가가 도청 옥상 스피커를 통해 광장에 웅장하게 울려 퍼졌다.

그러나, 시위대 앞에 포진해있던 공수부대원들이 애국가가 채 끝나기도 전에 집단으로 시민들을 향해 조준사격을 시작했다. 엄청난 굉음이 미희의 고막을 갈랐다. 그동안 산발적인 계엄군의 난사는 간혹 있었으나 이렇게 체계적이고 의도적으로 집단 발포한 것은 처음이었다.

"악! 아악!"

고막을 찢는 총성에 모두들 혼비백산 뒤돌아 뛰었다. 공수부대원들의 총탄에 선두에 섰던 시민들이 피를 흘리며 여기저기서 맥없이 고꾸라지기 시작했다.

"나 좀 살려줘!"

총탄에 맞아 쓰러진 시민들의 입에서 단말마같은 비명이 사방에서 터져 나왔다.

"빨리 구급차 불러!"

구급차를 부르는 애절한 목소리들과 부상자들의 신음소리

가 거칠게 뒤섞이며 거리를 갈랐다. 금남로는 글자 그대로 아비규환이었다. 공중에 떠있는 군 헬기들의 어지럽게 돌아가는 프로펠러 소리가 지진이 난 것 마냥 건물을 마구 뒤흔들었다. 헬기 프로펠러가 빙빙 돌아가면서 한 치 앞을 분간할 수 없을 정도로 먼지 폭풍을 일으켰다. 어릴 때 봤던 전쟁영화를 보는 듯했다. 갑자기 온 몸에 소름이 끼쳤다.

도청으로 달려가는 각종 시위차량에 부착한 '전두환은 물러가라', '김대중 석방하라'라고 쓰인 플래카드가 어지럽게 펄럭이고 있었다. 거리에는 삼삼오오 모여 수군거리며 앞날을 걱정하는 시민들도 제법 많이 눈에 띄었다.

저 멀리에는 시위대가 타이어를 쌓아 놓고 불을 붙이는 바람에 하늘은 시뻘건 화염과 함께 시커먼 연기로 뒤덮였다. 이제 광주는 바야흐로 전쟁의 소용돌이 한가운데로 빠져 들어가는 듯했다.

이때였다. 갑자기 총소리가 나더니 선두에서 대형 태극기를 흔들며 나아갔던 청년이 힘없이 피를 흘리며 바닥에 쓰러졌다. 대형 태극기가 쓰러진 청년 위를 서서히 덮으면서 그가 내뿜는 시뻘건 피에 태극기가 서서히 빨갛게 물들었다. 이어 뒤를 따르던 시민들도 추풍낙엽처럼 우수수 쓰러졌다.

"상희야! 빨리 피해!"

미희는 상희 손을 잡고 어릴 적 젖 먹던 힘까지 다해 골목으로 내달음질쳤다. 몇몇 시민들도 숨을 헐떡이며 골목 안으로 몸을 숨겼다.

조금 시간이 지나자 지진이 난 것 같은 굉음과 함께 지축을 뒤흔드는 울림이 느껴졌다. 바로 시민들이 아시아자동차 공장에서 확보한 장갑차 소리였다. 장갑차 위에서 머리에 흰 띠를 두르고 러닝셔츠만 입은 채 태극기를 흔들던 청년 뒤로 수많은 군중들이 다시 대열을 갖춘 후 구호를 외치며 뒤따랐다. 그가 탄 장갑차는 노청을 향해 질주했다.

그때, 또 다시 섬광이 건너 편 건물 옥상에서 번쩍이더니, 엄청난 굉음과 함께 총성이 울렸다.

"안 돼!"

한 시민이 소리쳤다.

장갑차에 탔던 청년은 순식간에 총탄을 맞고 목을 축 늘어뜨린 채 힘없이 앞으로 고꾸라졌다. 도청과 수협, 전일빌딩 옥상에 배치된 공수부대 저격수가 조준 사격한 것이었다.

"저것 좀 봐!"

“청년이 총에 맞았어, 어떡해?”

귀청을 찢는 총성이 계속 울렸다.

쓰러진 사람을 부축하려고 길가로 나갔던 청년이 총탄을 맞고 다시 나동그라졌다.

“살려주쇼!”

이번에는 다른 시민이 울부짖었다. 그는 복부에 여러 발의 총탄을 맞아 반투명의 내장이 밖으로 터져 나온 채 선지피를 흘리며 간신히 기어갔다. 금남로 바닥 이곳저곳에는 시뻘건 핏물이 어지럽게 흥건한 자국을 남겼다.

몸을 피해 거리 맞은 편 골목 담벼락에 바싹 붙어선 몇몇 시민들이 아무 말도 못한 채 이 처참한 광경을 그저 바라만 봤다. 도청 방향으로 향하는 대로에는 외신기자들이 연신 카메라로 이 광경을 담느라 분주하게 뛰어다니는 모습이 눈에 띄었다.

퍼벅-퍼버벅-

저격수가 쏜 총탄이 미희의 귀 옆을 쌩쌩 스친 후 땅바닥에 튀면서 불꽃이 일더니 벽에 흉측한 파편 자국을 만들었다.

“상희야! 괜찮니?”

“안되겠다, 빨리 골목을 빠져나가자!”

미희는 시위에 참여했던 남자들 두 명과 함께 골목에서 몸을 숙인 채 입을 막으며 공포에 떨었다. 얼음장같이 차가운 흙바닥에 엎드린 그들 역시 미희와 눈이 서로 마주쳤을 때 눈동자를 통해 살고 싶다는 처절한 의지가 엿보였다.

미희는 이 처참한 광경들을 마음에 담을 새도 없이 상희 손을 꽉 잡고 반대편 골목 깊은 곳까지 기다시피하며 무사히 빠져나갔다. 팔꿈치는 기어가느라 땅바닥에 있는 작은 돌, 깨진 유리조각 등에 긁혀 생채기가 나면서 시뻘건 피가 흐르기 시작했다. 반대편 골목에 무사히 접어든 순간 그녀들은 이때다 싶어 업소를 향해 전력으로 내달렸다. 허파가 터질 듯 숨은 턱까지 자올랐고 땀과 눈물이 서로 뒤섞여 얼굴에서 비 오듯 쏟아졌다. 업소에 도착하니 맥이 풀려 몸을 가누기조차 힘들었다.

미희는 자기 눈에 비친 이 모든 것이 그저 꿈이길 바랐다.

유치장

미희와 상희가 업소에 돌아와 숨을 고르고 있을 때였다.

"이 아가씨들 지금 이 업소에 있소?"

업소 문이 드르륵 열리더니 경찰관 두 명이 미희와 상희를 찾았다. 손에는 미희와 상희의 사진이 들려있었다.

"뭔 일 있어라?"

주인장이 평소 안면이 있는 경찰관에게 물었다.

"이 아가씨들이 폭도들에게 화염병을 만들어 줬다는 제보가 있어서……."

한 경찰관이 덤덤하게 말을 꺼냈다.

"뭔 소리여?"

"미희야! 상희야! 이리로 나와 보랑께."

주인장은 눈을 동그랗게 뜨고 뒤돌아서서 그들을 불렀다.

조금 있으니 미희와 상희가 아무 것도 모른 듯 태연스럽게 걸어 나왔다.

"경찰서로 좀 가줘야 쓰겄는디."

경찰관이 사진을 들이밀며 말했다.

"야들이 왜 경찰서로 가야 하는겨?"

"가보면 알겠지라."

경찰관은 미희와 상희를 데리고 업소 밖으로 나섰다. 밖에는 경찰차가 대기하고 있었다. 업소 문 밖으로 주인여자와 다른 아가씨들이 모두 나와 걱정스러운 표정으로 그녀들을 지켜봤다. 그녀들이 차에 타자마자 경찰차는 씽씽 내달리더니 약 15분 쯤 달려 경찰서 정문에 도착했다.

"빨리 내보내주랑께!"

경찰서에 도착하니 100명 정도의 시민들이 이런저런 이유로 불려와 유치장 안에서 쇠창살을 붙들고 아우성을 치고 있었다. 그중에는 '황금동' 골목에 있는 다른 업소 아가씨들도 몇 명 눈에 띄었다.

"다들 조용히 하셔잉!"

경찰관이 참다 못해 소리를 질렀다.

"벌써 몇 명은 취조 후 훈방으로 풀려났다는데잉……."

유치장 안 구석에 앉아있는, 텁 수염이 더부룩한 40대 남자가 말했다.

"시위대에 조금이라도 편의를 제공했으면 다들 이리로 불려왔다고 하잖은가?"

"난 일하다말고 불려왔당께."

"빨리 돌아가야 쓰겄는디."

유치장 안에 갇혀있는 사람들이 모두 제각각 구시렁거려, 경찰서 안은 마치 재래시장에 온 듯 시끌벅적했다.

"상희야! 취조할 때 누가 지시해서 한 것이 아니라 자발적으로 우러나서 했다고 해."

"예, 언니."

미희 말이라면 깍듯하게 받아들이는 상희였다.

생각보다 많은 연행자 숫자라 취조하는데 꽤 많은 시간이 걸리는지 늦은 밤이 다되도록 아직 50여 명은 그대로 유치장에 갇혀있었다. 미희와 상희 역시 유치장에서 하릴없이 하룻밤을 보내게 되었다. 그녀들은 유치장 구석에 쪼그리고 앉아 있다가 쏟아지는 잠을 이기지 못하고 무릎에 얼굴을 파묻은 채 잠깐 졸았다.

"저 여자들은 뭐하는 여자들이여?"

"긍께. 머리도 노랗게 물들이고 화장발이며 옷차림이 일반 사람은 아닌 것 같은디?”

“근디 왜 우리가 저 여자들하고 같이 이 유치장에 있어야 하는감?”

유치장 한쪽 구석에 있던 부녀자들이 그녀들이 잠이 든 것을 확인한 후 나지막한 소리로 수군거렸다.

“저 여자들은 무슨 죄로 이곳에 왔어라?”

유치장에 있던 한 남자가 불침번을 서고 있는 한 경찰관에게 물었다.

“아, 시위하다 죽으면 저렇게 이쁜 샤시들이 그 시신을 돌봐주기 때문이제.”

“하하하.”

“호호호.”

경찰관이 뱉은 이 말 한 마디에 한바탕 웃음바다가 되더니 축 늘어졌던 경찰서 분위기가 다소 활력을 되찾았다.

시간이 얼마나 흘렀을까.

“야, 너희 두 명 나와!”

경찰관이 깜빡 잠들었던 미희와 상희를 깨웠다.

“지금 몇 시지?”

미희는 유치장 문을 나오면서 벽에 걸려있는 시계를 쳐다봤다. 벌써 아침 7시였다.

"이리로 들어와!"

경찰관이 그녀들을 한 조그만 방으로 안내했다.

방으로 들어서니 탁자를 앞에 두고 상의는 군복을 입고 스포츠머리를 한 건장한 남자가 거들먹거리며 앉아있었다. 옆에는 그보다 나이가 한참 더 들어 보이는 한 경찰관이 연신 허리를 굽히며 그의 지시에 고분고분 따르는 모양새였다.

"이 여자들은 뭐야?"

사내가 경찰관에게 거칠게 물었다.

"아, 이 여자들은 저기 '황금동' 업소에서 일하고 있는……."

"그래요? 몸 파는 여자들이 뭘 안다고 뭔 일을 했겠소?"

경찰관의 설명이 끝나기도 전에 사내는 말을 가로 막으며 말했다.

미희 역시 그의 말에 속에서 뭔가 부글부글 끓어 올라왔지만 상희를 생각해서 침을 꼴깍꼴깍 삼키며 꾹 참았다.

"잘 들어, 이번에는 그냥 훈방조치 할 테니 앞으로는 절대 폭도들 근처에 얼씬거리지 마라."

그는 탁자 위에 있는 서류철에 뭔가 적으면서 말을 꺼냈다.

그의 굵은 저음의 목소리가 미희의 정수리를 타고 몸 전체로 내려왔다.

"예……."

미희는 기어들어가는 목소리로 간신히 대답했다.

"이 여자들 빨리 내보내고, 다음 사람 들여보내요!"

사내의 지시에 경찰관은 다시 허리를 굽히며 인사를 하고는 그녀들을 데리고 밖으로 나왔다.

"니들 정말 오늘 운 좋은 줄 알아야제."

"보안대를 거쳐 간 사람치고 몸이 성해서 나온 사람을 지금까지 한 명도 본 적이 없으니께."

"송장 아니면 병신으로 나온단 말이여."

업소 관할구역 담당이라 평소에도 얼굴이 익은 경찰관이 귓속말로 나직이 말했다. 방에 있던 그 사내는 보안대에서 나온 저승사자야, 라고 귀띔을 해줬다.

훈방조치로 경찰서 문을 빠져 나온 미희는 상희와 함께 근처에 있는 재래시장으로 발걸음을 옮겼다. 밤새 속이 출출하기도 했지만 뭔가 속에서 삐죽 솟아나올 것 같은 답답함을 달랠 그 무엇이 필요했기 때문이었다.

재래시장 한쪽 구석에 있는 허름한 순대국 집 안에는 새벽

장사를 하는 상인, 출근을 서두르는 직장인, 야근을 마치고 돌아가는 노동자, 학생들로 자리가 거의 찼다. 미희는 마침 한 자리가 났다며 주인이 안내한 빈자리에 가서 앉았다. 잠을 제대로 자지 못해서인지 정신이 몽롱했다.

"오늘 고생했어."

미희가 상희에게 말을 건넸다.

"내가 고생한 게 뭐가 있다고요."

상희가 아직 졸음이 가시지 않은 눈을 비비며 말했다.

"야! 우리 오랜만에 순대국에 소주 한 잔 하자!"

"좋죠."

"이모! 여기 순대국 두 그릇하고 소주 한 병 주세요!"

미희가 주방을 향해 소리쳤다.

조금 있으니 주인이 하얀 김이 모락모락 나는 순대국과 소주 한 병을 탁자에 놓고 주방으로 다시 들어갔다.

"업소에서는 평소 먹지 못하는 순대니까 많이 먹어 둬."

미희는 상희 앞에 있는 소주잔에 소주를 따른 후 자기 소주잔에도 소주를 가득 채웠다.

"우리 건배해요."

상희가 말을 꺼냈다.

"그래, 구호를 뭘로 할까?"

"'대동세상'을 위하여, 어때요?"

"그거 참 좋네."

"그럼 외치는 거다, '대동 세상'을 위하여!"

"'대동 세상'을 위하여!"

그녀들은 소주잔을 부딪치며 소리 높여 외쳤다.

순대국 집 안에 있던 손님들이 모두 밥을 먹다말고 눈을 크게 뜬 채 그녀들을 쳐다봤다.

이렇게 오월의 하루가 또 시작 되었다.

헌신 1

같은 날, 늦은 오후였다.

"야들아, 없는 손님들 이렇게 기다리지 말고 빨리 인근 병원으로 가보랑께!"

"왜요?"

"아직도 모르겄냐? 광주 시내 어느 병원이고 할 것 없이 계엄군의 총탄에 수많은 피를 흘리며 스러져가고 있는 부상자들의 피가 모자란단다. 너희들은 아직 젊으니까 도움이 많이 될 것잉께."

"빨리 가보죠!"

미희를 포함해 일곱 명의 아가씨들이 땀을 뻘뻘 흘리며 병원에 도착한 시각은 이른 저녁때였다. 병원에 도착하니 역한 알코올 냄새가 제일 먼저 그들을 반겼다. 병원 복도는 피를 흘리며 수술을 기다리는 부상자들로 가득했고 그 사이를 피로 얼룩진 가운을 입은 의사와 간호사들이 분주하게 왔다갔다 했다. 대부분의 부상자들이 침대가 모자라 비닐이 깔린 시멘트 바닥에 그냥 누워 주렁주렁 줄이 매달린 링거를 팔뚝에 꽂고 있는 처참한 광경이 미희의 눈에 띄었다. 하루하루 삶을 겨우 이어 붙이고 있는 모습이었다. 한편 사망 판정을 받은 시신들은 팔이 아래로 축 늘어진 채 들것에 실려 나갔다.

찬찬히 주위를 살피니 복도뿐만 아니라 뒤쪽 마당까지 부상자들이 꽉 들어차 있었다. 의료진들은 손발이 모자라 다들 반쯤 넋이 나간 채 이리 뛰고 저리 뛰고, 그야말로 생지옥이었다. 다른 한쪽에서는 돌아오지 않는 가족의 시신이라도 찾으려는 부녀자들로 북적거렸다.

"저 여자들은 뭐여?"

"옷차림하며, 화장한 꼬라지보니 술집 여자가 틀림없당께."

"긍께. 여기는 왜 왔다냐?"

병원 입구에 삼삼오오 모여 있던 아낙네들이 미희 일행을 힐끔힐끔 쳐다보며 수군거렸다.

"어떻게 오셨어요?"

야전병원을 방불하게 하는 병원의 분위기에 취해있는 미희에게 한 여자 의료진이 물었다.

"헌혈하러 왔는데요."

미희가 당당하게 대답했다.

여성 의료인은 이들 모습을 찬찬히 뜯어보았다. 야한 옷차림과 무대 화장과도 같은 짙은 화장을 본 그녀는 이들이 성매매여성임을 곧 알아챘다.

"죄송한데, 지금은 괜찮으니까 그냥 돌아가셔도 됩니다."

"아니, 저기 병원 입구에도 '헌혈할 사람을 급히 구한다'는 전단이 붙어있는데 우리는 왜 안 되나요?"

"음, 그게……."

"아니, 왜 안 되냐고 묻잖아요?"

"……."

"혹시 우리가 술집에서 일하니 불결하다, 라고 생각하는 것 아니에요?"

한 명이 목청을 높였다.

"예, 사실은 환자들에게 깨끗한 피를 수혈할 의무가 저희에게 있어서 여러분들 성의는 매우 고맙지만……."

의료인의 목소리는 목구멍에 걸린 듯 희미했다.

“나는 모르겠소, 야들아! 침상 위에 누워서 기다리자!”

미희의 이 말에 아가씨들 모두 비좁은 통로를 헤집고 안으로 들어갔다. 그러고는 헌혈 침상으로 올라가 눕더니 팔을 쭉 내밀었다.

“웬 소란인가?”

안에서 나이가 지긋한 중년 의사가 밖으로 나왔다. 그의 흰색 가운 역시 이미 피로 얼룩져 단풍나무 잎처럼 빨갛게 물들어 있었다. 아까 헌혈을 거부한 의료인이 그에게 다가가 귀에 대고 자초지종을 설명했다.

“음…….”

그 역시 한참을 망설였다.

“좋아요, 당장 피를 수혈 받지 못해 죽어나가는 사람들 생명이 더 우선이니까요.”

그는 이렇게 말하고는 자리를 떴다. 그의 지시대로 젊은 의료진들이 헌혈 침상에 누워있는 여인들 곁으로 다가와 채혈을 하였다.

이때였다. 구급차가 요란하게 타이어 소리를 내면서 응급실 입구에 급히 멈춰 섰다.

의료진 두 명이 구급차에서 계엄군으로부터 총상을 입은

한 여학생을 들것에 실어 옮기기 시작했다.

“아니, 저 여학생은 조금 전 이곳에서 헌혈을 하고 나갔었는데 이렇게 허망하게 다시 돌아오다니!”

수혈을 담당하는 한 의료진이 피범벅이 된 여학생을 보면서 한탄을 했다. 헌혈을 하기 위해 대기하던 사람들의 눈동자에서 분노를 읽을 수 있었다.

헌혈을 마친 황금동 여인들이 병원 문 앞으로 나가고 있을 때였다.

“어, 저 사람은 옷도 다 찢어지고 맨발이네?”

미희가 치료를 받고 있던 한 시민을 보며 말했다.

“얼마나 고통스러웠을까?”

“애! 너 양동시장에 가서 옷하고 신발 좀 구해와라.”

미희가 이번에는 복희에게 말했다.

“언니, 알았어요.”

그로부터 한 시간이 채 되지 않았을 무렵 복희는 옷과 신발이 담긴 검은 비닐봉지를 들고 나타났다.

“맞을지는 모르겠지만 이거 한번 입어보세요.”

어디서 구했는지 비록 헌 옷이지만, 그의 찢겨진 옷을 조심스럽게 벗겨 갈아입히고는 신발도 신겼다.

"여기서 나가시면 바로 앞 큰길은 계엄군 때문에 위험하니까 뒷문으로 나가자마자 건너서 바로 첫째 골목으로 가시면 안전하실 거예요."

미희는 그에게 안전한 길을 알려주었다.

몸을 뒤뚱거리며 간신히 바닥에서 일어난 그는 그녀에게 감사의 눈길을 보낸 후 어둑어둑한 뒷문 쪽으로 걸어갔다.

미희는 뒷문 쪽으로 사라지는 그의 뒷모습을 물끄러미 쳐다봤다. 이처럼 남에게 떳떳한 일을 하면서 보람을 느꼈던 적은 없었던 것 같았다. 지금까지 남들로부터 손가락질을 당하며 억눌려 살아왔던 그녀였다.

"복도에서 부상자들을 간호하고 있는 저 여성들은 누군가요?"

"아, 저 사람들이요? '황금동'에서 온 여성들이에요."

지나가던 간호사가 대답했다.

"황금동?"

그는 그 이름을 잊어버리지 않으려는 듯 여러 번 입으로 되뇌며 마음 속 깊숙이 새겼다.

5월 23일.

오전이었다. 공수부대가 작전상 외곽으로 퇴각하자 시민군들은 오늘도 어제에 이어 계속해서 트럭을 타고 태극기를 흔들면서 광주시내를 질주했다. 그들의 얼굴에는 마치 개선장군과도 같은 자부심으로 가득했다. 거리에 나온 시민들은 그들을 열렬히 환호하며 지난 시위 때와 같이 먹을 음식, 음료수 등을 차에 올려주면서 격려했다. 거리거리마다 시민들이 모여 악몽 같았던 며칠간을 떠올리며 이야기를 주고받는 여유로운 모습도 눈에 띄었다. 거리는 금방 질서를 회복하고 있었다.

한편 계엄군은 장갑차와 탱크를 동원하여 외곽에서 광주시내 진입로를 철저하게 차단하면서 접근하는 사람들에게는 무차별 총격을 가하도록 지시가 내려진 상태였다. 이에 시민군 역시 바리케이드를 치고 계엄군의 광주 재진입에 대비하느라 정신이 없었다.

묘한 긴장감이 납덩이처럼 내리누르고 있었다. 이 상황이 앞으로 어떻게 전개될지는 신 이외에는 아무도 몰랐다.

"야들아, 오늘은 시민군들 밥 하는 날이니까 얼렁 준비하고 떠나야쓰겄다."

주인장은 점심식사 준비에 늦을까봐 아가씨들을 다독이며 말했다.

"오늘은 어디로 가요?"

"여기서 가까운 동네랑께."

"이 골목에 있는 다른 아가씨들도 같이 간다고 하네잉."

다른 업소 사람들까지 합류하니 10명이 훌쩍 넘었다. 이들은 그릇, 세숫대야, 쌀부대 등 필요한 물품을 각자 손에 들거나 머리에 이고는 6.25 피난행렬처럼 줄지어 나섰다.

그녀들이 이곳에 도착한 시각은 오전 10시 반쯤이었다. 동네에 다다르니 주민들이 양동이에 열심히 시민군들을 위해 물을 나르고 있었다. 그들을 위해 지을 커다란 가마솥도 눈에 띄었다.

"저 여자들은 누군가?"

동네 아낙네들 몇몇이 모여서 수군거렸다.

"아, 윗동네 '황금동'에서 온 여자들이여."

"'황금동'이라면 그 몸 파는 여자들?"

"응, 그라지."

"어떻게 저런 여자들하고 함께 밥 짓고 설거지를 하겠능가?"

"난 이 짓 안 할런다."

"'황금동'은 남사스러운 동네라 난 그곳을 지날 때면 고개도 들지 않고 후딱 달리다시피 하는디……."

"긍께."

여기저기서 볼멘 목소리들이 터져 나왔다.

주인장은 동네 아낙네들이 뭐라 하던 전혀 못 들은 척하고 자기 식구들에게 각자의 역할을 알려줬다. 그녀들은 일사분란하게 흩어져 물을 나르고, 쌀을 씻고, 밥을 안치고, 반찬을 만들고, 국밥을 만드는데 여념이 없었다. 한 편에서는 주걱으로 가마솥에서 막 지은, 김이 모락모락 나는 따끈한 밥을 퍼내어 그릇에 열심히 담았다. 그녀들 이마에서는 땀이 비 오듯 쏟아지기 시작했다.

"오늘은 밥 짓는데 쌀 몇 가마니나 들었는가?"

주인장은 허리가 아파 잠시 허리를 펴고 하늘을 쳐다보면서 말했다.

"이렇게 시민군들을 위해 조금이라도 뒷바라지를 하는 동안은 뿌듯하면서 이 세상 전부를 얻은 것 같당께."

"요새같이 우리가 왜 사는지를 알게 된 때는 처음인 것 같아요."

"시민들과 함께 어깨동무를 하고 구호를 외치며 거리를 행진할 때는 이 세상에 우리도 할 일이 있다는 것을 깨닫게 되었지."

말 없던 아가씨들의 입에서는 봇물처럼 경험담이 쏟아져 나오기 시작했다.

"전두환이가 전라도 사람들 씨를 말려 죽이려한다는 소문이 있는데 '빛고을 광주' 출신인 내가 그냥 가만히 있으면 쓰겄냐?"

"이제는 죽는 것도 두렵지 않당께."

사방에 사람들이 죽었다, 라는 이야기들이 심심찮게 나오자 절망적인 상황이 닥쳐오기도 했다. 주인장은 자기가 광주 태생임을 틈이 날 때마다 주위 사람들에게 자랑스럽게 이야기했다. 그녀는 가슴까지 차오르는 벅찬 감격에 잠시 눈물을 흘리는 모습을 보이기까지 했다.

이때였다.

상공에 헬리콥터 프로펠러 돌아가는 소리가 굉음을 냈다. 헬기는 광주 시내 상공을 계속해서 돌며 전단을 뿌려댔다.

"야! 저게 뭔지 주워와 보랑께."

"여기 있어요."

경고문

소요는 고정간첩. 불순분자. 깡패의 소행이고, 총기. 탄약. 폭발물을 탈취한 폭도들의 행패는 계속 가열되고 있으므로 계엄당국은 곧 소탕하겠다.

"이 씨부럴 것들!"

"우리가 불순분자란겨?"

주인장은 전단을 읽자마자 갈기갈기 찢어 여러 조각을 낸 후 발로 짓뭉개버렸다. 마치 불덩이가 그녀의 명치를 꽉 가로막은 느낌이었다. 하늘을 뚫어져라 쳐다보고 있는 그녀의 눈동자는 곧 다가올 살육의 회오리에 대한 공포감으로 파르르 떨렸다.

도청 앞 계엄군의 발포로 수많은 부상자들이 피를 흘리며 몰려든 병원들마다 부상자들에게 수혈할 피가 다 떨어져 버렸다, 라는 소식을 접한 시민들은 남녀노소를 가리지 않고 자발적으로 헌혈을 하기 위해 병원에 구름같이 모여들었다.

시골 장터처럼 아수라장이었다. 몇몇 안내요원들이 긴 줄을 서있는 시민들 사이를 왔다 갔다 하면서 질서유지를 위해 진땀을 쏟고 있었다.

미희를 비롯해서 업소 아가씨들 역시 헌혈에 동참하러 지난번 헌혈 때와는 다른, 이 병원으로 급히 달려왔다.

"느그들 피는 필요 없당께!"

이 병원 내과과장이 입술을 붉게 칠하고 머리도 노랗게 물들인 아가씨들 무리를 보자마자 냅다 소리쳤다. 그 역시 직감적으로 그녀들이 '황금동'에서 일하는 여자들이라는 것을 알았기 때문이었다.

"보소, 우리를 색안경 끼고 보지마셔잉!"

한 아가씨가 대들 듯이 말했다.

"이놈 저놈들하고 막 굴러먹고 사는 우리 피가 더러워서 그런가요?"

미희가 또박또박 물었다.

"그렇다면 일단 우리 피를 검사한 후 사용해도 괜찮으면 그때 헌혈하면 되잖아요?"

"그리고 지난 번 다른 병원에서도 헌혈을 했었다니까요."

그녀들은 희멀건 팔뚝을 들이밀고 통사정했다.

아가씨들의 절박한, 이유 있는 아우성에 그만 병원 측도 손을 들었다. 헌혈을 하기 위해 긴 줄을 선 몇몇 사람들은 그녀들의 '선한 사마리아인' 선행에 감동을 받아 눈물마저 흘렸다.

헌신 2

5월 24일.

날씨가 맑다가 한 때 흐려지더니 비가 내렸다.

"지난 번 전남대 교정에서 암매장된 고교생이 발견되었는데, 주요 외신 1면 머리기사로 최초로 세계에 알려졌다제."

"……."

그 소식을 접한 아가씨들은 아무 말도 할 수 없었다.

미희는 아가씨들을 데리고 업소를 빠져나와 상무관으로 가기 위해 도청 방향으로 서둘러 향했다.

도청 정문 기둥 위에서는 여느 때와 같이 한 청년이 육성으로 사망자명단을 발표하고 있었다. 조바심으로 그 앞에 앉아있던 가족들이 자기 자식이나 친인척, 지인의 이름을 듣는 순간 그 자리에서 실신하는 모습도 눈에 띄었다. 사방에서 울음이 터져 나왔다.

거리는 행방불명된 가족과 친지의 행방을 묻는 사람으로 차고도 넘쳐 북새통을 이루었다. 각 병원에는 중환자가 줄을 이었고 영안실에는 남녀노소 가릴 것 없이 시신들이 산더미처럼 쌓이기 시작했다. 무명천에 덮인 시신들 위로 검붉은 피가 스멀스멀 배어 나온 모습도 보였다.

광주에 있는 대형 병원에서 시신이 오면 먼저 도청으로 옮겨졌다. 가족들의 신원 확인이 끝난 시신은 염을 하고, 흰 천으로 관을 두른 후 그 위에 태극기를 덮어 상무관으로 옮겼다. 한편 연고자가 확인되지 않아 아직 뚜껑을 덮지 못한 관들은 아직도 도청에 그대로 놓여 있었다.

도청 앞 분수대에서는 수 만 여명이 운집한 가운데 '범시민 궐기대회'가 열리고 있었다. 엄청난 군중의 열기에 업소 안에서만 있던 아가씨들의 얼굴은 잔뜩 주눅이 들어있었다.

"시민 여러분! 병원에 안치되었던 사랑하는 우리 시민들 시신이 지금 이곳으로 운반되고 있습니다……."

분수대에서 손 마이크를 쥔 채 군중들을 향해 한 여학생이 울부짖었다. 고막을 찢는 그녀의 목소리가 갈라져 있었다.

"지금부터 추도식을 거행하겠습니다."

"동해물과 백두산이 마르고 닳도록……."

그녀의 선창으로 애국가가 광장에 울려 퍼졌다. 광장에 모인 시민들은 너나할 것 없이 간간히 내리는 비를 맞으며 목이 터져라 애국가를 불렀다. 분수대 연단 아래에는 신원이 확인된 시신을 담은 수 십구의 관이 나란히 놓여있었다.

미희는 군중들의 웅성거림, 구호, 함성, 노래 소리를 뒤로 하고 아가씨들과 함께 상무관으로 서둘러 발길을 옮겼다.

조문객들의 발걸음이 상무관 출입계단으로부터 바깥 광장을 가로질러 구렁이처럼 구불구불 긴 줄을 잇고 있었다. 마침 조문을 온 시민들 몇몇은 같이 줄지어 서있던 업소 아가씨들의 옷차림과 형형색색 물들인 머리, 얼굴 화장에서 미희를 포함한 아가씨들이 '황금동'에서 온 것을 알고는 힐끔힐끔 눈총을 주었다.

"그렇게 째려보지 마쇼잉. 우리도 조문 왔응께."

한 아가씨가 그들을 쳐다보며 서름서름하게 말을 뱉었다.

그녀의 말에 그들은 고개를 돌리며 민망한 시선을 이리저리 분산시켰다. 그러면서도 그들 역시 상무관에 안치된 시신들을 둘러보면서 엄청난 슬픔과 분노를 동시에 느끼는 표정들이었다.

"삼베를 구하지 못해 무명으로 수의를 몇 벌 만들었는데 받으세요."

미희는 조문을 마친 후 업소 아가씨들과 함께 꼬박 밤새워 무명으로 만든 수의를 상무관 장례담당반 소속인 한 시민군에게 건넸다. 그녀는 몸 파는 여자, 라는 자격지심 때문에 수의를 시민군 본부인 도청 민원실에 직접 접수하지 않고 상무관 담당자에게 전달한 것이었다.

"그럼 이리 주쇼."

그는 수의가 담긴 종이 박스를 받아들고는 도청 쪽으로 길을 건너갔다.

"야들아! 이제 본격적으로 보람된 일 좀 해야지?"

미희 일행은 도청 복도에서 아직 입관하지 못한 시신을 처리하는 일을 자발적으로 옆에서 거들었다.

"이리로 와서 좀 도와줘!"

미희는 면장갑과 마스크를 쓴 채 옆에 서있는 아가씨들을 불러 바닥에 깔린 베니어합판에 먼저 비닐을 깔았다. 그러고는 그 위에 시신을 가지런히 눕혔다.

그녀는 한 시신 앞에 앉았다. 다른 아가씨들도 그녀를 좇아 코를 움켜쥔 채 시신 앞에 자리했다.

"왜액!"

몇몇 아가씨들은 피 비린내와 함께 썩은 시신에서 나오는 악취를 참지 못하고 먹은 것을 다 토해냈다.

이번에는 뭔가 희끄무레한 것이 이미 썩어버린 시커먼 총상 부위 위로 고물고물 기어 나왔다. 구더기였다.

이를 목격한 아가씨들의 토악질이 여기저기서 끊이질 않았다.

"이 정도 가지고 왜 이렇게 난리법석들이야?"

미희는 양동이 물에 물수건을 꽉 짜서 시신을 닦아냈다. 살점이 떨어져나가 형체를 알아볼 수 없는 시신의 굽은 팔다리는 힘주어 바로 모았다. 마지막으로 부릅뜬 두 눈을 감겨주고, 산발한 머리카락을 정성스럽게 빗으로 빗어주었다.

그녀는 가지고 간 보자기에서 하얀 양말 수십 켤레를 꺼냈다. 그러고는 알코올로 닦아낸 시신의 얼음장 같이 차가운 맨발에 하나하나 정성스럽게 양말을 신겨주었다.

"부디 좋은 곳으로 가소."

"발이라도 춥지 말아야지……."

미희는 시신들의 혼을 달래듯 혼자 중얼거렸다.

"봐봐! 이렇게 하니까 원래 제 모습으로 돌아오잖아"

그녀는 연거푸 이마에 송골송골 맺힌 땀을 주먹으로 훔쳤다. 그러고는 마지막으로 시신에 비닐을 둘둘 둘러서 시신에서 나오는 악취를 막았다.

그녀의 뒤 쪽 벽면에는 시신을 덮을 무명천이 잔뜩 쌓여있었다. 오늘은 미희가 다른 아가씨들까지 모두 데리고 나오는 바람에 일이 훨씬 수월했다.

지금 막 작업을 끝낸 시신은 처음 이곳에 도착했을 때 계엄군으로부터 복부와 허벅지에 여러 발의 총알을 맞아 걸레처럼 너덜너덜해서 차마 눈 뜨고는 제대로 쳐다볼 수조차 없는 상태였다.

이곳에 들어온 시신들은 대부분 머리가 없거나, 팔. 다리가 따로따로 잘려져 나갔거나, 대검에 허벅지나 복부, 젖무덤에 자상을 입어 시커멓게 썩었거나, 곤봉으로 맞아 머리가 반이 깨진 채 눈알이 튀어 나왔거나, 내장이 밖으로 튀어 나오는 등 온전한 형태의 시신을 찾기가 어려웠다. 더군다나 시신 대부분은 5월 초여름 날씨에 길거리에 오래 방치되었거나 땅에 묻힌 바람에 심하게 훼손되었다.

애타게 가족을 기다리던 유족들은 신원이 확인된 시신의 눈. 코. 입. 귀 등을 목화솜으로 꽁꽁 틀어막은 후 준비해온 좋은 옷으로 갈아입혔다. 이어 입관을 마친 시신들은 도청 건물에서 상무관으로 옮겨져 이미 놓여있는 다른 관들 옆에 나란히 자리를 했다.

"시신들이 너무 많이 들어오는 바람에 이제는 도청 복도가 아니라 본관과 민원실 사이의 옆 공터에서 입관작업을 하게 됐데."

미희는 관으로 빽빽이 들어찬 도청 복도를 찬찬히 돌아보며 말했다. 그러고는 아가씨들을 데리고 다시 상무관 안으로 들어갔다.

시신이 안치된 상무관에서는 유족들이 영정 사진을 가슴에 안고 관 위에 얼굴을 깊이 파묻은 채 흐느끼고 있었다. 분향대에 마련된 촛불과 사욱한 향냄새, 그리고 시체 썩는 냄새가 서로 묘하게 뒤섞였다.

"아이고, 내 새끼! 어쩔꼬. 이렇게 허망하게 가면 어떻게 한다냐?"

한 부녀자는 총에 맞아 사망한 고등학생 아들의 관을 손바닥으로 쓸어내리며 바닥을 치면서 통곡했다.

"난 여그서 죽을라요."

사방팔방에서 곡소리가 끝없이 터져 나왔다.

건너편 50대 아낙은 싸늘한 시신으로 가족 품으로 돌아온

아들을 그리며 며칠째 넋이 나간 채 오열하다 그만 탈진하여 실신하고 말았다. 수십 구에 달하는, 태극기가 덮인 관들 위로 흔들리고 있는 양초들이 떠나간 혼령들을 달래듯 밝게 불을 밝히고 있었다.

"보소! 내 자석은 너무 한이 맺혀 시상에 눈도 감지 못하고 부릅뜬 채 이곳에 실려왔소."

며칠 밤을 꼬박 새우는 바람에 이제는 통곡할 힘조차 없어 자식의 관 옆에 멍하니 누워 천장을 바라보던 아낙네가 모기만한 목소리로 겨우 말을 꺼냈다. 그녀는 목울음을 억지로 삼키고 있었다.

"여기는 왜 어둡지?"

미희가 구석에 놓인 다른 관 쪽으로 발걸음을 옮기면서 혼자 중얼거렸다.

관 위에 놓인, 빈 음료수 병에 꽂은 양초가 가물가물 타더니 벌써 수명을 다했는지 꺼져버렸다. 다행히도 그 뒤에 나란히 줄지어 놓인 관들 위에 놓인 초들의 푸르스름한 촛불 눈동자가 만들어내는 주황빛 불꽃들은 마치 관현악단 지휘자가 손짓하는 것처럼 같은 방향으로 이리저리 일렁이고 있었다.

"빨리 새 양초를 사다가 갈아 끼워야겠네."

"계엄군의 총에 맞아 황천길로 가는 것도 억울한데 가는 길이라도 밝혀야지, 아무렴."

주검들의 말 없는 혼을 위로하기 위해 틈틈이 이곳에 와서 초를 밝히는 일을 마다하지 않고 있는 미희는 양초와 성냥을 사려고 잠시 상무관을 빠져나왔다. 부드럽게 불어오는 오월의 미풍이 그녀의 옷에 잔뜩 밴 포르말린, 향불 냄새 그리고 시신에서 풍기는 악취를 훌훌 없애주는 것 같았다.

"언니, 향불 냄새, 시체 냄새로 머리가 깨질 것 같아요."

한 아가씨가 마침 양초를 사가지고 상무관으로 들어오는 미희를 보자마자 머리를 두 손으로 싸매며 얼굴을 찌푸린 채 말했다.

"좀 더 이곳에 있다 보면 그 냄새도 무감각해질 거야."

"시체들이 널려있는 이 난리 통에 우리 같이 강단이 있어야 이런 일도 할 수 있지 않겠어?"

미희가 동료들 표정을 하나하나 살피며 말을 이어나갔다.

"더 이상 잃을 것이 없는 사람들이나 이런 궂은일을 마다하지 않고 할 수 있지……."

"그게 바로 우리 아닌가요?"

"그렇지."

그녀는 관을 덮은 태극기를 보는 순간 전율을 느끼며 가슴 깊은 곳에서부터 뜨거운 것이 올라왔다. 태극기를 볼 때마다 느끼는 감정이었다. 관 앞에서 오열하는 유가족의 곡소리에 그녀의 눈가는 어느새 촉촉이 젖어있었다.

상무관에는 끊임없이 들어오는 새 관들 때문에 자리가 모자라 이곳에 이미 놓여있는 관들의 간격을 좁히는 작업이 또 하나의 일거리가 되었다. 시신이 특히 많이 들어온 날에는 입관 후 관들 사이의 간격이 전혀 없이 서로 맞대고 있는 경우도 생겨났다.

"너는 지금부터 분향대에 뭐 모자라는 거 있는지 잘 보고 있어라."

미희는 마음을 추스른 후 아가씨들 중 한 명을 불렀다. 그러고는 가게에서 사 온 마스크, 장갑과 향을 나눠주면서 부탁했다.

많은 시민들이 조문을 하는 분향대에는 과일, 북어포, 소주 등이 조촐하게 놓여있었다. 그리고 코를 움켜쥘 정도로 향 냄새가 진동하고 있었다. 그녀들은 사람들의 따가운 눈총을 무시한 채 이곳에서 묵묵히 일을 거들고 있었다.

"너는 이 일 끝나고 업소로 가봐!"

"그때쯤이면 주인 아줌마가 주먹밥을 다 만들어 놓았을 거야. 그 주먹밥 보따리 가지고 도청 앞에 있는 시위대에게 그냥 건네주고 오면 돼. 그리고 그곳에 가면 한 쪽에서 밥을 짓고 국도 끓이고 있을 거니까 상황을 봐가며 일손 좀 보태주고."

미희가 한 아가씨에게 말했다.

"주먹밥은 그냥 아무에게나 주고 오면 되나요?"

그 아가씨가 되물었다.

"그럼 주먹밥에다가 꼭 우리 업소 이름이라도 써서 줘야 하겠니?"

"알겠어요……."

미희는 말꼬리를 급히 삼키며 총총히 상무관 출입구를 나서서 업소로 향했다.

"야들아! 그릇이 없으면 물통이나 세숫대야에라도 물을 담아서 우리 업소 앞을 지나가는 시위대들에게 마실 물을 줘야지."

주인장이 라면상자 위에 비닐을 깔아 놓고 주먹밥을 만들면서 아가씨들을 향해 말했다. 업소에 남아있는 사람들은 양동시장과 대인시장 상인들이 주먹밥을 나눠준 것처럼 그녀들 나름대로 조용히 주먹밥과 물을 나눠주는 일을 해오고 있었다.

"국밥 챙기는 것도 잊지 말고."

"예."

아가씨들은 잘 훈련된 군인들같이 일사분란하게 움직였다. 그녀들은 업소 내에 있는 그릇과 심지어 세숫대야까지 다 끄집어내어 국밥과 물을 가득 담아 업소 앞 골목에 쭉 늘어섰다.

"아이고, 눈물이 나뿌네."

골목을 지나는 시민군들 중 몇 사람이 아가씨들에게 다가가 국밥과 물을 챙긴 후 살갑게 감사 인사를 했다.

생지옥

5월 27일.

새벽은 순식간에 전남도청 앞을 찾아왔다. 마치 영화에 등장하는 유령 도시처럼 많은 점포들이 문을 걸어 잠갔고, 인적이 끊어진 거리는 휑한 모습을 연출했다. 거리를 가득 메웠던 군중들의 열기도 찾아볼 수 없었다.

스산한 바람이 도드라진 고요 속에서 광장 분수대에 잠깐 머물다 휙 지나갔다.

계엄군이 광주 외곽을 완전히 차단하고 시내전화를 포함한 통신망, 교통 등 외부와의 모든 연결 수단을 끊는 바람에 광주는 철저히 고립되어 버렸다. 잠시 해방감에 들떴던 분위기도 심연의 늪 속에 빠지듯 끝없이 가라앉고 있었다. 광주에는 이제 온통 피비린내 나는 죽음의 그림자가 서서히 드리워지고 있었다.

어제 집회가 끝나고 시민들이 다 집으로 귀가한 후, 행정과 치안이 모두 열악한 상황에서도 약 삼백 명의 시민군들은 도청과 그 주변에서 자제력을 가지고 질서를 지키는 모습이었다.

곧 광주가 해방된다, 라는 실낱같은 희망을 가지고 삶의 벼랑 끝에 섰다. 최근 계엄군의 총에 맞아 죽은 시민들, 가족, 지인들만 생각하면 총을 들 수밖에 없었던 시민군이었다. 시민군 옆으로는 무기고에서 확보한 LMG기관총, M1소총, 카빈소총, 화염병, 돌멩이 등이 전쟁터처럼 어수선하게 널려있었다.

"지난번 전남대 앞 평화시장에서 남편을 기다리던 임신 8개월의 새색시가 계엄군 이 쏜 총에 맞아 그 자리에서 숨졌다지."

팽팽한 긴장감이 감도는 도청 정문에서 보초를 서던 20대 후반의 한 청년이 말을 꺼냈다.

"그것뿐인가? 주남마을과 송암마을에서도 공수부대원들이 난사해서 수십 명이 사망했당께……."

"급살을 맞아 죽을 놈들!"

전경이 버리고 간 방석모를 쓴 다른 동료가 옆에서 얼굴을 찡그리며 주억거렸다. 모두들 착잡한 표정으로 땅이 꺼져라 한숨을 내쉬었다. 무전기에서 나오는 지직거리는 신호음에 잠시 대화가 끊겼다.

옆에는 교련복을 입은 한 고등학생이 아직 총에 총알을 장전하는 게 서툴러 애를 먹고 있었다.

"분노에 못 이겨 가만히 있으면 안 될 것 같아 이렇게 총을 들게 되었어요."

학생이 덤덤하게 말했다.

그들은 몇날 며칠을 손도 씻지 못하고 잠도 제대로 자지 못해 초라하고 지친 모습이 역력했다. 햇볕에 새까맣게 그을린 얼굴, 푸석푸석한 머리 등 피로감에 절은 몰골이 마치 넝마주이 같았다. 몸에서는 악취가 풀풀 났다. 심지어 단추를 끼우는 옷 앞부분은 까만 때가 지층처럼 겹겹이 쌓여서 반질반질 윤택이 났다. 모두들 지치고 후줄근해 보였다.

"어쩌까나, 나는 이 전쟁이 끝나면 제일 먼저 목욕탕으로 달려가서 묵은 때부터 쫙 벗길거랑께."

"나도, 하하하"

수염을 깎을 시간이 없어 턱수염이 더부룩한 20대 중반의 한 시민군이 대답하면서 오랜만에 너털웃음을 지었다. 오월의 밤공기가 싸늘한지 팔짱을 단단하게 꼈다.

옆에 도수가 꽤 높은 안경을 쓰고 있는, 수척한 얼굴을 한 학생은 극도의 긴장감 속에 이 새벽이 무사히 지나가기를 바라면서 자꾸만 허공을 쳐다봤다. 낯선 밤하늘에서 달빛이 쏟아져 내렸다. 그는 언제 들이닥칠지 모를 계엄군의 공습에 대한 두려움을 가족들 생각을 하며 애써 떨쳐버리려는 모습이었다. 그는 시시각각 다가오는 죽음의 그림자를 분명하게 읽고 있었다. 그의 눈으로부터 뜨거운 물줄기가 뺨을 타고 흘러내렸다. 생각보다 축축하고 서늘한 밤공기가 정적에 빠진 도청을 한 차례 휘감으며 지나갔다.

"주여, 주여, 나를 인도 하소서……."

시민군 속에서 누군가 울먹이면서 찬송가를 부르는 소리가 뜨문뜨문 들려왔다. 찬송가를 듣고 있던, 어슴푸레 얼굴 윤곽을 드러낸 다른 시민군들은 뭔가 떠올리는 듯 멍하니 하늘을 올려다보았다. 계엄군들이 곧 들이닥친다는 소식을 처음 접했을 때 느꼈던 공포감이 찬송가를 부르면서 이내 눈 녹듯 마음속에서 사라지기 시작했다. 도청 광장을 가득 채웠던 먹물보다 진한 죽음의 그림자도 훌훌 털어버린 비장한 모습이었다.

다른 시민군은 며칠째 자지 못해 자꾸만 빠져드는 졸음을 떨쳐버리려고 두 손바닥을 세차게 비비더니 얼굴을 마구 문질렀다. 그러고는 두두룩한 눈두덩을 손으로 비볐다. 며칠간 잠을 거의 자지 못해 아직도 흰자위가 벌건 상태이지만 그래도 조금이나마 정신이 좀 돌아오는 것 같았다.

풀벌레들이 숨죽여내는 가냘픈 소리가 오늘따라 구슬프게 들렸다. 무서우리만치 고요한 정적이 도청 앞을 다시 삼키고 있었다.

이때였다.

누군가 시민군이 쳐놓은 도청 앞 바리케이드 쪽으로 쭈뼛대며 접근하고 있었다.

"멈춰!"

도청 앞에서 보초를 서고 있던 시민군이 초긴장 상태에서 총을 겨누며 물었다.

"수고 많아요."

"저희들은 이 동네 살고 있는 주민인데 시장하실까봐 주먹밥과 음료수 좀 싸왔어요."

미희는 주인장을 졸라 업소 아가씨들과 함께 주먹밥을 만

들어 보자기에 정성껏 담아들고 상희와 함께 낑낑거리며 이곳에 온 것이었다.

"자! 주먹밥 드세요."

한 시민군이 상희로부터 보자기를 받아들고는 도청 안으로 들어가며 소리쳤다.

"주먹밥이네!"

마침 새벽이라 허기를 느끼고 있던 몇몇 시민군들이 손뼉을 치며 환호하는 소리가 안에서 들렸다. 도청 본부에 있는 시민군들 숫자를 생각하면 턱없이 부족한 양이었지만 그래도 서로 조금씩 나누어 먹으면 될 듯싶었다.

"조금 있으면 계엄군들이 쳐들어 오니께 얼렁 집으로 들어가소!"

기관총을 기름걸레로 손질하던 한 시민군이 걱정스러운 표정으로 미희의 등을 떠밀며 말했다. 굴비세트처럼 줄줄이 엮인 탄창이 장전된 기관총에서는 얼음장같이 차가운 빛을 발산하고 있었다.

미희는 주먹밥을 건네준 후 마지못해 '황금동' 골목으로 발길을 돌려 걸어가면서도 그들을 지켜봤다. 마지막일지도 모를 시민군들의 모습이 눈에 밟혔다. 열심히 그들을 눈에, 가슴에 가득 담았다. 뭔지 모를 자책감이 가슴을 납덩이처럼 묵직하게 짓누르고 있었다. 바람은 까슬까슬한 나무들의 감촉을 비웃듯 스산한 소리를 내며 무심하게 새벽공기를 가르고 있었다.

새벽 2시쯤이었다.

"이게 무슨 소리지?"

도청 옥상에 설치된 대형스피커를 통해 새벽을 가르는 요란한 비상사이렌 소리가 업소에서 뜬 눈으로 밤을 하얗게 지새우고 있는 미희의 귀에 들려왔다. 잠시 후 며칠 간 제대로 잠을 자지 못했던 미희는 긴장이 풀어지면서 자기도 모르게 스르르 잠에 곯아떨어졌다가, 깜짝 놀라 후다닥 눈을 떴다. 그러고는 시계를 쳐다봤다.

새벽 3시 50분쯤이었다.

한 여성이 울음 섞인 목소리로 애절하게 호소하는 방송이 도청 옥상에 설치된 고성능 대형 스피커를 통해 곤히 잠든 광주의 새벽을 다시 갈랐다.

광주 시민 여러분, 광주 시민 여러분, 지금 계엄군이 쳐들어오고

있습니다. 사랑하는 우리 형제, 우리 자매들이 계엄군의 총칼에 숨져가고 있습니다. 우리 모두 계엄군과 끝까지 싸웁 시다. 우리는 광주를 사수할 것입니다. 여러분 우리를 잊지 말아주십시오. 우리는 최후까지 싸울 것입니다.

시민 여러분, 계엄군이 쳐들어오고 있습니다.

이 피맺힌 절규는 새벽까지 뜬 눈으로 지새우고 있던 광주 시민들의 심장에 평생 지울 수 없는 문신을 새겼다. 미희 역시 울컥하여 눈시울이 뜨거워졌다. 그녀는 이내 손수건을 꺼내 눈언저리를 닦았다.

다시 정신을 차려보니 무슨 일인지 방송도 뚝 끊겨버렸다. 광주는 아직 어둠에서 헤어나지 못하고 있었다. 새벽안개가 살포시 내려앉았다.

"제발 시민군들을 안전하게 보호해 주세요."

그녀는 무릎 사이에 얼굴을 묻고 운명의 여신에게 빌었다.

이때였다.

탕- 타탕- 탕- 타탕-

두두- 두두두-

외곽으로부터 서서히 목을 죄여오던 공수부대가 도청을 향해 기습공격을 전격적으로 단행했다. M16 소총, 수류탄, 장갑차 등 각종 화기로 중무장한 공수부대가 시민군을 대상으로 무자비한 진압작전을 펼쳤다. 기관총과 자동소총의 콩 볶는 듯한 요란한 총소리와 폭탄 터지는 소리가 메아리치며 온 시가지를 괴물처럼 통째로 집어 삼켰다.

"도청에 진입한 계엄군이 난사한 총에 적어도 수백 명은 다치거나 죽었을 것 같은데……."

"휴……."

미희는 업소 의자에 앉아 가슴을 쓸어내리며 혼자 중얼거렸다.

아직도 도청 쪽에서는 간헐적으로 총성이 들려왔다. 그녀의 뇌리 속은 도청에서 마지막까지 저항하는 시민군의 잔상으로 가득했다.

도시 전체가 그녀와 마찬가지로 며칠째 숨죽이며 잠 한숨 제대로 붙여볼 겨를이 없었다.

"상희야, 라디오 좀 틀어봐!"

"어떻게 상황이 돌아가는지 알 길이 없어 답답하네……."

푸르스름한 빛이 배어들기 시작한 새벽 6시쯤이었다.

라디오에서는 힘찬 행진곡과 함께 군의 진입을 알리는 방송만 되풀이하고 있었다. 또한 정신없이 하늘을 비행하는 헬기에서 고성능 확성기를 통해 왕왕거리는 경고방송이 거리를 집어삼켰다.

오늘 새벽 계엄군은 전남도청에서 끝까지 저항하는 폭도소탕 작전을 벌였다. 폭도들은 진압 되었다. 시민들은 위험하니 아직 집 밖으로 나오지 말라. 폭도들은 무기를 버리고 투항 하면 생명을 보존할 수 있지만 거부하면 사살된다.

광주KBS에서도 같은 방송이 계속해서 흘러나왔다.

오전 9시 조금 넘어서였다.

"언니! 이제 전화가 되는 것 같아요."

상희가 전화 수화기를 귀에 대고 전화가 되는지 몇 번이나 확인하더니 미희에게 말을 꺼냈다.

도청 진압 작전 당시 계엄군에 의해 차단되었던 시내전화가 다시 개통되었다. 그러나 광주는 한 치 앞도 내다볼 수 없는 공포감에 전염된 모습이 역력했다.

회백색 가로등과 함께 길 양쪽에 줄지어 서있는 거뭇거뭇

한 포플러 나뭇잎들이 무심하게 부는 바람결에 따라 파르르 떨고 있었다.

검거선풍

같은 날, 늦은 오후였다.

여느 때와 마찬가지로 아가씨들은 습관적으로 화장대 앞에서 열심히 얼굴을 다듬고 있었다.

"저 좀 살려주세요! 네?"

아주 조그만 체구의 한 남자 중학생이 머리에 상처를 입고 피를 흘리며 살짝 열어 놓은 업소 문 안으로 기어들다시피 들어왔다. 계엄군에게 총 개머리판으로 머리를 맞고는 피신하는 게 틀림없었다. 계엄군의 가택수색으로 온 골목마다 비명과 아우성이 메아리쳤다.

"이를 어쩐다냐?"

주인장은 얼굴이 사색이 되어 안절부절 했다.

"계엄군들이 골목 안으로 들어왔어요!"

창가에 앉아있던 한 아가씨가 소리쳤다.

"일단 내 치마폭 속으로 숨어라!"

미희는 초등학생 체구의 그 학생에게 본능적으로 한복 치마를 들어 올려 그 속에 숨으라고 말했다.

"그래도 그렇지, 치마 속은……."

"지금 찬밥 더운 밥 가릴 때가 아냐! 목숨이 왔다 갔다 하는데!"

"계엄군들이 바로 아래 업소까지 왔어요!"

업소 창가에 앉은 다른 아가씨가 외쳤다.

"네, 그럼……."

학생은 이렇게 말하고는 창가 구석 맨 뒤에 앉은 미희의 치마 속으로 들어가 일단 몸을 숨겼다. 그러고는 다른 여섯 명의 아가씨들이 세 명씩 두 줄로 미희를 감싸는 모습으로 입구를 보고 앉았다. 업소에 들어서서 앉아있는 아가씨들을 언뜻 보면 미희의 모습은 얼굴과 상체만 보였다.

"발각되면 죽은 목숨이나 다름없는데……."

미희는 되도록 태연한 척을 했지만, 입 안이 바작바작 타들어갔다.

군화소리가 요란하게 들리더니 세 명의 계엄군이 눈에 검붉은 핏기를 띠며 업소로 들이 닥쳤다. 하나같이 들짐승처럼 험악하게 달려드는 태도였다.

“조금 전 여기로 남학생 한 명 들어왔지?”

그들 중 한 명이 굵직한 목소리로 거칠게 물었다.

“남학생요?”

“사람이라고는 우리와 계엄군 아저씨들 세 명 밖에 없는디?”

“모처럼 눈이 빠지게 기다리던 손님들이 들어오나 했제…….”

주인장이 능청스럽게 대답했다.

“분명히 이곳으로 들어왔는데…….”

“야! 샅샅이 뒤져봐!”

“예! 알겠습니다.”

계엄군들은 끝 부분에 단검을 장착한 M16 총구를 겨누면서 군화발로 방을 밀고 들어갔다.

“이상 무!”

“이곳에도 이상 없습니다!”

허탕을 친 계엄군들은 방, 외부 화장실, 주방, 창고 등을 샅샅이 뒤지고 나오면서 허탈한 표정을 지었다. 그들은 업소

문을 나가려고하다가 다시 들어왔다. 구석구석을 다시 뒤지더니 이윽고 창가에 앉아있는 아가씨들 곁으로 다가왔다.

"으음……."

미희는 쿵쾅거리는 가슴을 억지로 누르면서 혹시라도 치마 밑을 뒤지면 어떻게 하나 하는 조바심으로 심장이 멎는 듯했다. 치마 속에 숨어있는 학생 역시 덜덜 떨면서 입을 손으로 움켜 막으며 숨소리조차 죽이고 있었다.

"너희들, 빨갱이 새끼들 숨겨줬다가 발각되면 어떻게 되는 줄 잘 알고 있겠지?"

그중 한 명이 아가씨들을 향해 쉰 목소리로 협박을 했다. 딴청을 피우는 아가씨들을 한참 살피던 계엄군의 얼굴에는 뭔가 의심쩍은 표정이 완전히 가시지는 않았지만, 어쩔 수 없이 뒤돌아서 업소 문을 쿵 닫고 나가버렸다. 화가 난 듯 그들의 군홧발 소리가 매우 거칠었다. 좀 있으니 그 군홧발 소리도 들리지 않았다.

"자, 이제 나와도 돼!"

계엄군들이 골목 밖으로 저벅저벅 사라지는 모습을 확인한 한 아가씨가 학생을 향해 말했다.

"감사합니다."

미희의 치마폭에서 기어 나온 학생은 연신 머리를 굽혀 인사를 건넸다. 그나마 다행인 것은 그 학생 머리의 상처에서는 더 이상 피가 흐르지 않고 선지피처럼 딱딱하게 굳어버렸다는 것이다. 하지만 미희의 치마 일부는 학생 머리에서 흐르던 피가 번져서 빨갛게 물들여졌다. 미희는 다른 옷으로 갈아입기 위해 서둘러 방으로 들어갔다.

"무슨 일이여?"

주인장이 평소와는 다르게 학생을 향해 친자식 대하듯이 다정하게 물었다.

"도청 앞에서 계엄군이 소지품 검사를 할 때 몇몇 시민들과 함께 붙들려 있었는데 곤봉과 총 개머리판으로 마구 때릴 때 저만 혼자 이렇게 무사히 도망쳤어요."

학생은 당시 끔찍한 상황을 숨을 헐떡이며 말했다.

"어휴, 죽일 놈들!"

"짐승만도 못한 새끼들!"

아가씨들 입에서 이구동성으로 욕이 쏟아져 나왔다.

"얼렁 화장실로 들어가 상처 부위 좀 닦아야 쓰겄다."

"그런데 집은 어딘감?"

주인장이 물었다.

"여기서 걸어서 오 분 거리에 있어요."

학생은 화장실로 걸어가면서 대답했다.

"빨리 집으로 들어가랑께. 부모님이 무척 걱정하시겠어."

"예."

학생은 짧게 대답하고는 상처를 닦기 위해 화장실로 들어갔다.

"이번 기회에 뒷방을 통해 올라갈 수 있는 조그만 다락방을 시민들 피신처로 하면 어떨까요?"

"다른 일반 상가와 달리 우리 업소는 다르잖아요. 여기는 구조가 복잡해서 쫓기는 사람들에게는 최고인 것 같아요."

미희가 제안했다.

"그라지, 우리는 이미 인생 막장까지 간 마당에 총에 맞아 죽어도 여한이 없지만, 계엄군에게 쫓겨 이곳까지 도망 온 학상들이나 시민들을 나 몰라라 내칠 수는 없지라."

"손님 좀 안 받으면 어떤가?"

"죽어도 같이 죽어야제."

"좋은 일 하니깐 뿌듯하제잉?"

이때였다.

"헉, 헉!"

"저 좀 숨겨 주세요!"

계엄군에 쫓겨 급히 달려오느라 땀 냄새가 풀풀 나는 한 남자 대학생이 업소 문을 열고 황급히 들어왔다. 학생은 안색이 하얗게 변해가고 있었다.

"미희야, 이 학상, 아까 말했던 다락방에 숨겨줘!"

"예! 학생, 이리로 와요."

미희와 학생이 뒤쪽 다락방으로 사라졌다.

"야들아! 얼른 가게 문 닫아라!"

한 아가씨가 얼른 문으로 달려가서 셔터 문을 내렸다.

업소는 갑자기 적막에 휩싸였다.

같은 날 밤이었다.

"목포에서 시민들이 횃불을 들고 다시 시위를 했데."

"계엄군이 그렇게 광주를 물샐 틈 없이 막았지만, 역시 자유에 대한 열망이 인근 목포까지 전달이 된 것이군요!"

미희와 상희가 두런두런 이야기를 나누고 있었다.

"누나! 큰 일 났어요!"

김군이 부리나케 문을 박차고 들어오면서 소리를 질렀다.

"오늘은 또 뭔 일이냐?"

미희가 헐떡거리는 김군을 보고 물었다.

"복희 누나가 곤봉에 맞아 병원으로 실려 갔데요."

"뭐?"

아가씨들 모두 깜짝 놀랐다. 그렇지 않아도 아까부터 복희 모습이 보이지 않아 무척 궁금하던 차였다.

황금동 여인들은 병원으로 급히 달려갔다.

"가망이 없습니다."

"마음의 준비 단단히 하셔요."

피로 얼룩진 가운을 입은 의사가 복희의 상태를 살펴보더니 머리를 좌우로 세게 도리질을 했다.

복희는 혼사 도청 광장에 나갔다가 계엄군이 시민들을 대대적으로 검거, 체포하는 과정에서 계엄군이 휘두른 곤봉에 머리를 맞아 두개골이 으스러졌다. 병원으로 급히 옮겼으나 결국 사망하고 말았다.

"아이고, 원통해서 이를 으짠다냐?"

흰 상복을 입은 주인장이 병원 영안실에 안치된 그녀의 시신 앞에서 하늘이 원망스러운 듯 연신 허공을 쳐다보며 알아들을 수 없는 넋두리를 해댔다. 그 뒤로는 미희를 비롯해 업소 아가씨들이 그녀가 가는 마지막 길을 지켰다. 복희의 생글거리던 눈과 웃을 때마다 살짝 보이던 덧니가 다시 떠올랐다.

"이젠 우리 업소 아가씨들이 행운의 숫자인 일곱 명에서 여섯 명으로 줄어버렸네?"

"긍께."

"……."

한 아가씨가 꺼낸 말에 침묵이 어색하게 이어졌다. 모두들 대롱대롱 매달린 밧줄을 숙연하게 맞이하는 사형수처럼 자신의 절박한 운명을 감지했다. 가슴이 저몄다.

"다음엔 우리 차례인가?"

미희가 혼자서 조용히 뇌까렸다. 그녀는 내색은 하지 못한 채 마음속으로 복희와 하얀 이별을 했다. 그녀의 마음은 줄이 끊어진 연처럼 이리저리 허공을 날아다녔다.

"내 이놈들을 가만히 안 냅둔당께."

주인장은 천장을 쳐다보며 계엄군을 향해 입으로 할 수 있는 욕이란 욕 모두를 퍼부었다. 허공을 향한 그녀의 파르르 떨리는 눈꺼풀은 오늘따라 유달리 크게 보였다.

병원 밖으로 한차례 거친 봄바람이 휩쓸고 가는지 가로등 불빛이 닿지 않는 창문이 덜거덕거리며 요란하게 흔들리고 있었다.

다음날, 새벽이었다.

"언니!"

"왜?"

미희가 상희를 쳐다보며 물었다.

"목포에서 벌어진 시위가 무자비한 체포, 연행으로 막을 내렸데요."

상희가 지인이 조금 전 전화로 알려준 내용을 미희에게 알려줬다.

"결국 광주에서 시작된 시위가 전국적으로 확산되지 못하고 이렇게 허망하게 끝이 나는구나."

미희는 혼자서 중얼거렸다.

그녀의 뇌리에 그동안 눈과 가슴에 새겨진 광주항쟁의 모습 하나하나가 대나무처럼 마디를 만들며 주마등처럼 스쳐 지나갔다. 계엄군의 발포로 스러져 간 시민군들, 어린 학생의 주검, 시신으로 가득 찬 상무관, 전쟁터를 방불케 했던 황량한 거리 풍경…….

그녀가 그렇게 꿈꿔왔던 '대동 세상'은 갑자기 하얀 연기

속으로 사라져버렸다. 폭풍이 한바탕 휩쓸고 지나간 듯 엄청난 공허감이 그녀 마음이 시리도록 가슴속으로 밀려들어 왔다.

마음에 큰 구멍 하나가 뚫렸다.

성고문

5월 29일.

아침이 환하게 밝아왔다.

합동분향소가 있는 도청 앞 상무관에서 초를 밝히고, 틈틈이 시신을 알코올로 닦아내고, 감싸고, 관에 넣는 일을 해온 미희는 시신을 담은 수많은 관들이 몇 겹씩 쌓여 쓰레기 청소차에 실려 밖으로 옮겨지는 것을 눈으로 확인했다.

“어디로 가는 걸까?”

미희는 그 청소차 뒤를 쫓지 못하는 현실이 안타까울 뿐이었다.

그녀가 파김치가 된 몸을 간신히 이끌고 상무관을 나와 ‘황금동’ 업소 방향으로 무거운 발걸음을 옮기기 시작했다.

“김송희 씨 맞죠?”

골목 어귀에 들어서자 입구에 서 있던 두 명의 건장한 사내

중 한 명이 그녀에게 물었다.

미희는 심장이 쿵쾅거리며 한순간 움찔했다. 갑자기 모든 것이 얼음처럼 차갑게 정지되면서 뇌세포가 하얗게 멈춘 것 같았다. 불길한 예감이 그녀의 뒷덜미를 타고 정수리까지 올라왔다. 왜냐하면 중학교 때 가출한 이후 지금까지 그 어느 누구에게도 원래 성명을 밝힌 적이 없었기 때문이었다. 지난 번 경찰서에 아가씨들과 함께 무더기로 유치장에 갔을 때에는 아는 경찰관이 있어서 가명인 '미희'로 설렁설렁 위기를 넘겼지만 이 남자는 그녀의 원래 성과 이름을 정확히 알고 있었다.

"우리와 함께 가지?"

그는 이렇게 말하고는 입구 어귀에 세워져있는 군용 지프차 뒷좌석에 그녀를 밀어 넣었다.

"왜 그러세요?"

미희가 격렬하게 반항을 했다.

"가보면 알아!"

한 사내가 고함치듯 말했다.

미희는 갑자기 눈앞이 아뜩했다. 그녀는 모든 것을 체념한 듯 조용히 뒷좌석에 앉았다.

얼마나 달렸을까.

'천주교 광주 대교구청'이라는 팻말이 시야에 들어왔다가 이내 사라졌다.

"내려!"

조금 있으니 목적지에 다다랐는지 그가 그녀를 차에서 잡아끌다시피 끌어내렸다.

"이곳이 어디지?"

그녀는 차에서 이끌려 내리면서 순간적으로 사방을 휘둘러보았다. 출입구에는 아무 표시가 없었다.

"계엄사? 보안대? 중앙정보부?"

그녀가 아무리 머리를 쥐어짜 봐도 이곳이 어딘지 알 길은 전혀 없었다.

그들은 을씨년스러운 기운이 감도는 어둑한 계단을 내려가더니 중간에 있는 좁은 방 앞에 미희를 들여보냈다.

삐, 삐걱-

사내가 철문을 열고 닫을 때 심장을 파고드는 뾰족한 쇳소리가 복도에 메아리치며 울려 퍼졌다. 취조실이었다.

"아, 아악!"

복도에 촘촘히 붙어있는 이 방 저 방에서 고통스러운 비명이 터져 나왔다. 말로 이루 표현할 수 없는, 파도 같은 공포감이 금방이라도 그녀를 삼킬 것처럼 몰아쳐왔다. 난로 연통 속의 그을음처럼 새까만 그 무엇이 그녀의 뇌리를 휘젓기 시작했다.

취조실로 들어온 그녀는 정신을 차리고 찬찬히 사방을 휘둘러봤다. 천장에는 먼지가 더덕더덕 붙은, 침침한 백열등 하나가 힘없이 매달려 있었고 좁은 방에는 달랑 탁자 하나, 접이의자 두 개, 그리고 고문기구가 전부였다.

"악, 악, 아악!"

옆방에서 다시 비명소리가 터져 나왔다.

"저 소리 들리지?"

그녀가 취조실 접이 의자에 앉자마자 짧은 머리에 곤색 잠바를 입은, 30대 중반으로 보이는 한 사내가 말을 꺼냈다. 그의 옷차림으로 미루어볼 때 이곳은 바로 지난 번 경찰서에서 미희의 취조를 담당했던 남자가 소속된 보안대라고 어렴풋이 짐작할 수 있었다.

"근데 내가 여기에 왜 온 거죠?"

그녀가 궁금해서 물었다.

"몰라서 물어?"

"……."

미희는 정말로 이곳에 와야 하는 이유를 몰랐다.

"니 아버지 이름이 김정석이지?"

그가 말을 꺼냈다..

"어떻게 알았어요?"

미희가 물었다.

"아니, 간첩 이름을 우리가 왜 모르겠어?"

"간첩이라뇨?"

"그럼, 간첩이고말고."

"대학 시절부터 북괴의 지령을 받아 나라를 뒤집으려는 시도를 하다가 적발되어 감방에도 가고, 대학에서도 짤리고, 직장에서도 짤리고……."

"왜 우리 아빠가 간첩이냐고 묻잖아요?"

"이 년이 상황 파악을 제대로 못하고 있네."

"너는 그 빨갱이 아빠의 지령을 받고 움직이는 하수인이고……."

미희는 그의 말도 되지 않는 억지에 기가 막혔다.

"그래서 내가 어떻게 하면 되는데요?"

미희가 물었다.

"이제야 조금 알아차리는 것 같네."

"여기 자술서에 우리 아빠는 북괴의 지령을 받은 간첩이고 나는 그 빨갱이의 지령을 받아 광주로 잠입해서 나라를 전복시키려고 했다, 라고 쓰면 돼. 그러면 너는 우리에게 협조한 대가로 이곳에서 바로 나갈 수 있어."

"아, 하나 더!"

그는 도청에 있던 시민군들 사진을 하나하나 보여주면서 말을 이었다.

"이 폭도들 중에 누구누구가 북괴로부터 남파된 간첩인지 찍어주면 돼."

"제발 말이 되는 소리를 하세요!"

미희가 취조관에게 앙칼지게 소리쳤다.

"어 허, 이 년이 이곳이 어떤 곳인 줄 모르는 모양이네."

"니가 일하던 업소에서 빨갱이들을 위해 조직적으로 대자보를 여기저기 붙이러 다니고, 밥도 해다 바치고, 화염병도 만들어 나르고, 피가 모자란다고 헌혈도 하고, 도망치는 빨갱이 새끼들을 감춰주고, 그리고 죽은 빨갱이들 시신을 거둬주는 등 죄목이 상당하지만 너는 니네 아버지와의 관계만 불면 여기서 나갈 수 있어."

그는 업소에서 최근 했던 일들을 손바닥 보듯 정확하게 꿰차고 있었다.

"어떻게 그걸 다 알고 있어요?"

미희가 반문했다.

"야! 우리가 누구냐?"

"너희들 일거수일투족 움직임은 다 내 손에 있단 말이다."

"그리고 니네 업소 주인아줌마부터 시작해서 다른 아가씨들도 조만간 이곳으로 모두 끌려 올 건데……."

"너 그때까지 잘 버틸 수 있겠어?"

사내는 거드름을 피며 미희에게 질문을 해댔다.

"지난 번 네가 경찰서 유치장에 끌려갔을 때 그냥 훈방된 것처럼 이곳도 그럴 거라고 생각하는가?"

"그 사람들은 아무 죄가 없으니 절대로 건들지 말아주세요, 네?"

미희는 간곡한 말투로 애원했다.

"모든 일은 나 혼자 다 꾸민 것이니 나 혼자로 족하단 말이에요! 그리고 시민들을 위해 당당한 일을 했기에 오히려 상을 받아야 하는데 왜 이렇게 이곳에 끌려와야 해요?"

미희는 벌처럼 톡 쏘듯 강한 어조로 말했다.

"아, 아악!"

옆방에서 다시 비명 소리가 들려왔다.

"저 비명소리 들리지?"

"……."

미희는 공포감에 아무 말도 못한 채 벌벌 떨었다.

"밖에 누구 있냐?"

그는 미희가 하는 말을 못들은 척하면서 밖을 향해 누군가를 불렀다. 곧바로 우락부락한 사내 한 명이 취조실로 들어왔다.

"애가 아직 정신을 차리지 못하는 모양인데, 정신 좀 들게 해줘라."

"예, 알겠습니다."

그 사내는 취조실에서 그녀의 웃옷을 꽉 잡아 끌어내더니 구석진 방으로 질질 끌고 들어갔다. 그 방도 취조실과 마찬가지로 백열전구 하나가 천장에 대롱대롱 매달려있었다.

"악!"

그는 방에 들어서자마자 미희의 속옷까지 찢어버린 후 군화발로 그녀의 아랫배를 사정없이 걷어찼다. 그러고는 쓰러진 그녀의 유방을 군화발로 짓뭉개면서 동시에 머리채를 휘

어잡아 시멘트 바닥에다 짓찧었다.

"옷 다 벗어!"

"……."

미희는 간신히 바닥에서 일어나 웅크린 채 영문을 몰라 잠자코 있었다. 잠시 얼음장같이 차가운 침묵이 흘렀다.

"이 년이 말 귀를 못 알아듣네."

"다 벗으란 말야!"

그는 다시 군화발로 미희의 머리를 짓이겼다.

"아, 악!"

그녀는 외마디 비명을 지르며 고통을 참지 못하고 차가운 시멘트 바닥 이리저리로 뒹굴었다. 그러자 사내는 거의 실신하다시피 쓰러져 피를 흘리고 있는 미희의 옷을 강제로 벗기기 시작했다.

"아, 안돼!"

그녀가 완강하게 저항했다.

"남정네들에게 가랑이를 벌려 몸 팔아 먹고 사는 주제에 뭐가 아깝다고 그러냐?"

"그냥 기분 좋게 주면 될 것을."

사내가 내뱉은 이 말이 미희의 가슴을 후볐다.

"이 개새끼야!"

미희는 있는 힘을 다해 대들었지만, 그는 바위 같은 주먹으로 미희의 얼굴을 몇 번 내려쳤다.

"악!"

비명과 동시에 미희의 이빨 몇 개가 흔들거렸고 입안에는 피가 가득 찼다.

그 사내는 다시 주먹을 흔들었다.

미희는 외마디 비명과 함께 그만 실신해 버렸다.

사내는 그녀가 실신하자 옷을 잡아 뜯듯 벗기기 시작했다. 옷들이 찢어지면서 그녀의 창백한 속살이 드러나기 시작했다. 그는 급하게 바지를 벗더니 자기 성기를 꺼내들고 황급히 그녀의 사타구니를 찍어 눌렀다. 그가 거칠게 몸짓을 할 때마다 맨살이 드러난 그녀의 등과 허리에 생채기가 나면서 엄청난 고통이 몰려왔다. 그녀의 온몸은 시멘트 바닥에서 올라오는 냉기에 마비되는 듯했다.

"음, 으음……."

사내는 몇 분 후 잠시 부르르 떨더니 그녀의 가슴에 머리를 폭 묻었다.

"형님, 다 끝났어요?"

밖에서 다른 사내가 자기 차례를 기다리면서 재촉했다.

"조금만 기다려!"

그는 바지를 올려 입고는 혁대를 다시 고쳐 맨 후 아주 만족한 표정으로 밖에서 기다리는 다른 사내에게 엄지 척 모습을 보였다.

그가 방에서 나가자 다른 사내가 싱글벙글 웃으며 들어오더니 그녀를 짐승처럼 다시 덮쳤다.

얼마나 시간이 흘렀을까.

정신을 잃고 차가운 시멘트 바닥에 쓰러져있던 미희가 물세례를 받고서야 정신을 차려 간신히 눈을 떴다. 두 사내가 느끼한 웃음을 지으며 그녀를 내려다보고 있었다.

"이제 정신 좀 들지?"

"빨리 조서를 쓰고 나가야지?"

사내는 허리춤에서 권총을 뽑아들고는 미희의 머리에 갖다 대었다. 권총 부리에서 얼음처럼 차가운 기운이 그녀에게 전달되었다. 다시 강압적인 협박이 반복되었다.

"우리 아빠는 빨갱이도 아니고, 나는 어떠한 지령을 받은 적도 없어."

"그리고 도청에 있던 시민군들은 이곳 광주를 지키려던 순

수한 시민들이여!"

미희가 벌겋게 부어오른 눈꺼풀 사이로 그를 째려보며 목청 높여 소리쳤다.

"이 년 안 되겠네."

"야! 송곳 가져와!"

상관인 듯한 사내가 다른 사내에게 명령했다.

"여기 있습니다."

그가 가져온 것은 기다란 바늘 모양의 송곳이었다.

"다시 묻겠다. 빨리 조서 쓰고 여기서 나갈래, 아니면 이 송곳으로 손톱, 발톱 다 망가지는 모습을 볼래?"

사내가 미희의 손톱 밑으로 날카로운 송곳을 들이대며 물었다.

"우리 아빠는 간첩이 아냐!"

그녀가 울부짖듯 소리쳤다.

"안되겠네."

사내는 송곳을 그녀의 엄지손톱 밑으로 쑥 찔러 넣었다.

"아, 아악!"

외마디 비명과 함께 엄청난 고통이 뒤따랐다. 검붉은 피가 손톱 밑으로부터 계속 흘러나왔다.

"이래도 계속 버틸래?"

사내는 계속 협박을 했다.

이러기를 몇 차례. 미희의 열 손톱과 발톱 밑 모두 송곳에 찔려 흘린 피로 꾸득꾸득 얼룩이 졌다.

"니가 고문을 당하니까 유관순이라도 된 것 같냐?"

사내는 고개를 절레절레 흔들며 물었다.

"감히 유관순 열사 이름을 들먹이다니! 먼저 간 혼령들이 네놈들을 내려다보고 있다는 사실 하나만 기억해라!"

미희가 미간을 찌푸리며 눈을 부릅뜨고 그를 쳐다봤다.

"이 년, 진짜 안되겠네."

사내는 혼자 중얼거렸다. 그러고는 문으로 다가가 벽돌 크기로 나있는 조그만 창문을 통해 밖에 있는 또 다른 사내에게 뭔가 가져오라고 지시했다.

시간이 좀 지나자, 또 다른 사내가 손에 시뻘겋게 달군 쇠막대를 집게로 집어 들고 안으로 들어왔다. 총 세 명의 사내가 그녀를 내려다보고 있었다.

"마지막 기회다!"

상관인 듯한 사내가 그녀의 눈을 뚫어지게 쳐다보며 말했다. 그러고는 왼손에 차고 있는 시계를 쳐다보며 시간을 다시 확인했다. 아마도 그녀 다음 순서로 취조할 사람이 또 대기하고 있는 것 같았다.

"시간이 없어 다른 고문은 다 건너뛰고 바로 본론으로 들어가자."

"이 시뻘건 쇠막대로 네 음부를 지지면 너는 그 즉시 여자구실이 끝난다는 거 잘 알고 있겠지?"

"그리고 너 같은 년 하나쯤은 쥐도 새도 모르게 없애버려도 아무도 관심도 없어."

그가 마지막 경고를 했다.

"맘대로 해봐, 이 개새끼들아!"

미희는 알몸 상태에서 있는 힘을 다해 그들에게 쌍욕을 해댔다. 그녀의 외침은 좁은 복도를 돌아 나오며 쩌렁쩌렁 메아리쳤다.

"이 쌍년이!"

"안되겠네."

"야! 이 년 두 다리 벌려봐!"

그의 말이 끝나기가 무섭게 다른 두 사내가 각각 미희의 다리를 잡더니 있는 대로 벌린 후 그녀를 힘으로 꼼짝 못하게 만들었다.

"이제 진짜 마지막 기회다. 빨리 불어!"

"니 맘대로 하라니까!"

"안되겠다. 후딱 해치우자!"

그가 들고 있던 시뻘건 쇠막대를 그녀의 음부에 들이댔다.

지직-지직-

살이 타는 냄새가 역하게 방안에 퍼졌다.

"아, 아악, 아악!"

시뻘건 쇠막대의 열기가 그녀에게 말로 표현할 수 없는 고통을 불러 일으켰다. 단말마의 비명을 지른 그녀는 더 이상 고통을 이기지 못하고 다시 실신해버렸다. 그녀의 음부에서는 하혈이 시작되면서 사타구니는 온통 피범벅이 되었다.

"야! 이 년 야적장에다 내다버리고 내일 다른 시신들과 함께 모두 소각 처리해!"

"예, 알겠습니다."

지시를 받은 두 사내는 거적때기로 알몸의 그녀를 둘둘 말더니 번쩍 들고는 문 밖으로 나갔다.

"독한 년!"

그들은 짧게 말을 내뱉었다. 그러고는 그녀를 건물 밖 야적장에 정육점 고깃덩어리 다루 듯이 휙 던져버렸다. 그곳에

는 이미 고문에 못 이겨 사망한 다른 시신 몇 구가 가마때기
에 덮인 상태로 쌓여있었다.

정신병동

5월 30일.

초여름 기운이 도는 이른 아침이었다.

50대 중반으로 보이는 수녀가 같은 나이 또래의 여성 한 명과 함께 부근에 있는 성당으로 가려고 서둘러 걸어가고 있었다. 마침 그녀들은 이곳 야적장 부근을 지나가다 갑자기 뭔가 눈에 띄어 가던 길을 멈춰 섰다.

"저기 저 거적때기로 쌓아 놓은 것들이 뭐죠?"

수녀가 옆에 있는 여성에게 물었다.

"글쎄요?"

"한 번 가보죠."

"그럽시다."

야적장 부근에 다다르자 바닥은 검붉은 핏물로 물들여져 있었다. 쉬파리 떼가 들끓으며 시체 썩는 냄새가 진동했다.

두 사람의 얼굴이 금방 하얗게 변했다. 여성은 바짝 코를 움켜쥐며 구토를 했다.

"이거 시체들 아닙니까?"

"그러게요."

그들은 너무 놀라 숨도 제대로 쉴 수가 없었다.

"경찰에 신고해야하는 거 아니에요?"

이때였다.

시체더미에서 신음소리가 희미하게 흘러나왔다.

"으으음……."

"저기 뭔 소리가 들리는데요?"

"그래요? 빨리 그쪽으로 가봅시다."

신음소리가 들리는 곳에 가보니 누군가 아직 숨이 붙어있었다. 미희였다. 너무나 고통스러워 괴물처럼 일그러진 창백한 얼굴, 바싹 말라버린 입술, 하혈이 멈추지 않아 온통 피투성이인 하반신……. 도대체 살아있는 사람이라고는 믿기 힘들었다.

미희의 처참한 모습을 본 두 사람 얼굴이 동시에 일그러졌다. 최근 계엄군이 쏜 총탄에 많은 사람들이 죽었다고 했는데 아마도 그때 다친 사람이 아닐까, 라는 생각이 들었다.

"빨리 구급차를 불러요!"

수녀가 숨을 몰아쉬며 여성에게 말했다.

"거기 구급대죠?"

"여기 사람이 다 죽어가고 있어요. 빨리 오세요!"

그녀는 거친 숨을 몰아쉬며 황급하게 구급차를 불렀다.

구급대원이 야적장에 있는 몇 구의 시체들을 여기저기 살펴보다가 시체더미 중에서 아직 숨이 붙어있는 미희를 찾아냈다. 그들은 그녀의 맥박이 아직 희미하게나마 뛰고 있음을 확인한 후 급히 그녀를 구급차로 옮겼다. 구급대원들은 구급차 안에서 응급조치를 하면서 그녀가 제발 살아있기를 바라는 간절한 기도를 했다.

"눈 좀 떠 보세요!"

누군가 미희 어깨를 가볍게 흔들며 말했다.

나흘이 지난 후에야 겨우 눈을 뜬 미희는 사방을 찬찬히 둘러보았다. 그녀는 눈을 가늘게 떴다가 도로 감기를 몇 번이나 반복했다. 환한 빛이 한꺼번에 그녀의 눈으로 쏟아져 들어왔다. 그녀는 여전히 탈진 상태라 몸을 제대로 가눌 수가 없었다. 병원 특유의 알코올 냄새가 그녀의 코를 확 찔렀다.

"정신 좀 드세요?"

간호사가 걱정스러운 표정으로 나지막하게 물었다.

미희는 바싹 타 버린 입술, 부석부석하고 창백한 얼굴로 아무 말도 하지 못하고 그저 눈만 끔벅거렸다. 그녀는 희미하게 의식을 되찾았지만 아직 정신을 제대로 차리기는 힘들었다. 눈을 뜨는 일조차 버겁게 느껴졌다. 그녀는 가끔 무엇을 말하려는 듯 금붕어처럼 입을 빼금거렸다.

간호사는 미희의 팔목을 잡더니 몇 번의 시도 끝에 뾰족한 링거 주사바늘을 그녀의 가냘픈 팔에 겨우 꽂을 수 있었다.

"수녀님, 안녕하세요?"

미희의 혈압을 잰 후 차트에 각종 수치를 기록하고 있던 간호사가 마침 병실로 들어온 수녀를 보고 인사를 건넸다. 그녀는 미희를 보안대 야적장에서 처음 발견해 이곳까지 이송할 수 있도록 도와준 바로 그 수녀였다.

"안녕하세요? 자매님!"

"지금 좀 어떠셔요?"

수녀는 미희에게 다정하게 말을 걸었다.

"그런데 제가 여기에 왜 있는 거죠?"

그녀가 수녀에게 흐린 목소리로 떠듬떠듬 물었다.

"성모님의 지극한 사랑으로 자매님의 목숨을 건지게 되었습니다."

수녀는 그녀에게 당시 상황 설명을 생략한 채 짧게 인사만 했다.

조금 있으니까 담당 의사가 병실로 들어왔다. 의사는 차트를 보면서 수녀에게 미희의 건강 상태를 귓속말로 귀띔해주었다.

"오, 성모님, 이 불쌍한 양을 구원해 주옵소서."

수녀는 미희를 위해 침대 곁에서 조용히 눈을 감고 묵주기도를 했다. 한참동안 납덩이같은 묵직한 정적이 병실을 감싸고돌았다.

수녀, 담당 의사와 간호사 모두 병실을 나간 후 고요 속에서 미희가 고개를 들어 병실을 살펴보았다. 최근 항쟁 중에 계엄군이 쏜 총알들이 유리창을 뚫고 날아와 병실 천장, 벽 등 군데군데 흉측한 흔적을 남긴 모습이 눈에 띄었다. 멀리 보이는 병원 복도는 마치 전쟁 영화에 나오는 야전 병원처럼 부상당한 시민들과 이리저리 분주히 뛰어다니는 의료진들로 아수라장이었다.

미희의 뇌리에는 매일 삶과 죽음이라는 단어가 요란스럽

게 금속성 파열음을 내며 부딪치는 바람에 견딜 수가 없는 나날의 연속이었다. 너무나도 많은 상념들이 머릿속에서 꼬리에 꼬리를 물고 영화 필름처럼 제멋대로 돌아갔다.

같은 날 밤이었다.

침침한 병실에서의 밤은 그녀의 시간을 갉았고 마음속의 고통은 정신은 오히려 또렷하게 만들었다.

연분홍 줄무늬 환자복을 입고 있는 미희는 갑자기 팔에 거추장스럽게 꽂혀있던 링거 바늘을 한꺼번에 다 뽑아버렸다. 팔이 따끔거리며 통증이 몰려오면서 주사바늘 자리에는 피가 맺혔다. 그녀는 창가로 싸묵싸묵 걸어가더니 머리를 유리창문에 쿵쿵 찧기 시작했다. 창문에 어둑하게 비친 그녀의 자화상이 침묵을 지킨 채 괴물처럼 그녀를 빤히 쳐다보고 있었다.

와장창-

미희는 유리창문이 깨지자 깨진 유리 조각 하나를 집어 들어 왼쪽 손목을 쓱 그어댔다. 그녀의 손목에서는 시뻘건 피가 분수처럼 용솟음치기 시작했다. 침대 시트와 창가 쪽 모두 핏자국으로 얼룩졌다.

"살려줘! 살려줘!"

미희는 피를 흘리며 마치 허깨비를 본 것 같은 환상에 고래고래 고함을 질렀다.

"큰일 났어요, 간호사 빨리 이리로 와 보세요!"

같은 병실에 누워있던 환자가 미희의 이상 행동에 깜짝 놀라 간호사를 호출했다.

"무슨 일이세요?"

간호사가 황급히 병실로 와서 옆에 있는 환자에게 물었다.

"저기 저 여자 좀 보세요."

그 환자가 손가락으로 가리킨 창문 앞에서 미희는 피투성이가 된 알몸으로 나비처럼 두 팔을 휘저으며 날갯짓을 하고 있었다. 그러고는 알아들을 수 없는 고함을 질러댔다.

간호사는 서둘러 어디론가 연락을 취했다.

조금 있으니까 다급한 발소리를 내며 건장한 체격의 남자 두 명이 병실로 들어섰다. 그러고는 미희를 강제로 침대에 눕히고는 끈으로 두 손 두 다리 모두 침대에 꽁꽁 묶었다. 그녀는 고함을 계속해서 지르며 침대가 덜컥거릴 정도로 난동을 피웠다. 침대가 온통 피바다가 되었다.

"자! 조금만 참으세요."

급히 달려온 당직 의사가 진정제를 그녀에게 주사하자 곧 이어 그녀는 잠잠해지며 깊은 수면에 빠져들었다.

“손목을 그었지만 다행히 동맥은 피해갔네.”

당직 의사는 가슴을 쓸어내리며 그녀를 수술실로 급히 이송했다.

시간이 꽤 흘렀다.

손목 수술이 성공적으로 끝난 후, 미희를 담당하는 병원 의료진들이 모두 모여 뭔가 이야기를 나누는 것 같았다.

그로부터 약 한 시간 후, 다시 건장한 사내들이 나타나더니 미희가 깊이 잠든 사이를 이용해 환자용 철제 침대를 몰고 어디론가 가버렸다.

요란한 철제침대 바퀴소리만이 병원의 정적을 가르고 있었다.

다음 날.

점심시간 직전이었다.

미희가 눈을 떠보니 어제와는 다른, 쇠창살이 촘촘하게 쳐진 병실 독방에 온몸이 묶인 채로 누워있는 자신을 발견했다. 같은 병원 건물 10층에 있는 정신 병동이었다.

그녀는 뭔가를 애써 기억하려했다. 뇌리 속에는 깨진 유리창 같은 뾰족뾰족한 생각의 조각조각들이 고문당할 때 귀에 들렸던 그 기괴한 소리를 내며 계속해서 부딪혔다. 그녀의 목덜미는 정수리부터 타고 흘러내린 땀으로 범벅이 되어있었다.

이번 5월에 겪었던, 손가락으로 일일이 셀 수 없는 일들보다 더 차가운 현실이 그녀를 기다리고 있었다.

이방인

2020년 5월 18일.

늦은 오후였다.

광주 시내에서 차로 약 30분 거리의 야산에 눈에 띄지 않을 정도로 조그만 묘소가 보였다. 60대 중반으로 보이는 두 명의 여성이 흰 소복을 입고 비석도 없는 묘를 향해 걸어 올라가고 있었다. 갓길에는 해당화가 바람결에 힘없이 흔들리고 있었다.

'5.18 광주' 당시 20대 중반이었던 미희와 상희였다.

벌써 40년이라는 세월이 쏜살같이 흘러 두 명 모두 이제는 다른 사람들 같으면 손자, 손녀의 재롱을 볼 할머니 나이에 접어들었다. 상희는 그럭저럭 60대 초반으로 보였으나, 미희는 고문 후유증으로 나이보다 10년은 더 늙어보였다. 허옇게 반백발이 내린 머리, 얼굴에 푹 팬 쭈글쭈글한 주름, 축 늘어진 목덜미, 구부정한 허리. 어디 하나 옛날 활달했던 미희의 흔적은 전혀 찾아 볼 수 없었다. 시간은 그녀의 온몸에 지울 수 없는 고통을 새겨놓았다. 평생을 삶과 죽음에 대해 깊이 고뇌하며 살아온 그녀였다.

두 여자는 준비해온 과일을 보자기에서 꺼내 간단하게 상을 차렸다. 그러고는 소주병마개를 따서 묘 이곳저곳에 뿌렸다. 그녀들은 한참 말없이 묘에 나있는 잡풀들을 손으로 뜯어내려갔다.

"그동안 잘 계셨죠?"

"늦었지만 이렇게나마 묘를 찾아뵙게 되어 다행이네요."

"제가 주인아줌마의 행적을 수소문 끝에 알아낸 사실은, '5.18 광주' 당시 계엄군의 모진 고문 때문에 시름시름 앓다가 얼마 후 돌아가셨다고 하네요."

"피붙이 하나 없는 상황을 알게 된 주변 사람들이 십시일반으로 돈을 거둬 이 묘를 만들었다고 합니다."

"수소문 끝에 살아남은 언니도 이렇게 다시 볼 수 있게 되었구요."

상희가 느릿느릿 말을 꺼냈다.

"주인 아줌마가 살아계셨으면 지금쯤 90대 중반이 되셨을 텐데…….”

“그런데 주인 아줌마는 왜 혼자 사셨을까?”

미희가 상희를 바라보며 말을 꺼냈다.

“제가 알기로는, 우리 같이 성매매업소를 전전하다가 얻은 성병과 자궁근종 등 몹쓸 병으로 자궁을 완전히 드러내는 바람에 씨를 뿌릴 수가 없어서 그랬을 거예요.”

“…….”

잠시 무거운 침묵이 흘렀다. 남의 이야기가 아니었다.

“언니가 계엄군의 고문에 거의 죽다 살아나서 정신병원에 있는 동안, 계엄군들이 업소에 들이닥쳐 주인아줌마부터 시작해서 저, 그리고 아가씨들이 모두 체포, 구금되면서 업소가 풍비박산 되었지요.”

“우리 두 명 빼고는 당시 복희가 계엄군이 휘두른 곤봉에 맞아 죽었고, 다른 아가씨들 모두 모진 고문 후유증으로 시름시름 앓다가 죽거나 자살로 마감했죠.”

상희는 갑자기 웃옷을 들어 올리더니 계엄군에 의해 칼로 난자된 왼쪽 가슴을 미희에게 보여주었다. 흉측한 상처가 가냘픈 가슴을 길게 가른 모습이었다.

“나는 고문 후유증으로 여자구실도 하지 못한 채 아직도 하혈을 하고 있어…….”

미희는 어느 누구에게도 말하지 않겠다고 다짐했었지만 상희에게만큼은 처음이자 마지막으로 사실을 밝혔다.

또다시 납덩이같은 정적이 흘렀다.

“그건 그렇고 많은 세월이 흘러 우리 부모님들도 모두 다 돌아가셨을 텐데…….”

그녀들은 깊은 한숨을 내쉬었다.

살아 계신 동안 부모님을 찾아뵈었어야 했지만 몸을 파는 여자라는 처지에 감히 용기가 나지 않았다. 깊은 후회가 밀물처럼 가슴 속으로 몰려왔다. 평생 가슴에 못이 박힐 불효였다.

“주인아줌마가 비록 ‘욕쟁이 아줌마’였지만 이 험난한 세상에서 그래도 친엄마같이 우리를 따뜻하게 대해준 마지막 사람이었지.”

“그러게요.”

“그래서 우리가 지금까지 이렇게 살아 버틸 수 있었던 버팀목이 되었구요.”

“개똥밭에 굴러도 저승보다는 이승이 낫겠죠.”

“그러게.”

미희가 상희의 말에 고개를 끄덕였다.

"그런데 언니는 국가에 '5.18 광주민주화운동 유공자' 신청을 해보지 그랬어요?"

"말도 안 되는 소리!"

"40년이 지난 이제 와서 유공자 신청서에 과거에 나는 몸을 파는 여자였소, 라고 밝힐 필요가 있겠는가?"

"생각하기도 싫은 과거가 다시 무참하게 발가벗겨지고 싶지는 않아."

미희는 상희의 이 말에 단호한 표정으로 고개를 좌우로 흔들었다.

"당시 계엄군의 무자비한 발포에 죽어 나가던 시민들을 직접 눈으로 봤던 사람이라면 아마 초등학생들도 의연히 총을 들고 일어나 싸웠을 거야."

"살아있다는 사실 자체만으로도 먼저 떠난 사람들에게 감당할 수 없는 치욕이라 얼굴을 들고 다닐 수가 없는데……."

"내가 한 게 뭐가 있다고."

미희는 잠시 말을 멈추더니 다시 계속 이어나갔다.

"더군다나 누가 알아주라고 한 것도 아니고……."

"당시 '대동 세상'을 맞아 일반 시민들과 함께 한 마음으로 시민군들을 도우면서 난생 처음 느낀 행복감으로 가슴이 울컥했었지."

"덕분에 그동안 살아왔던 부끄러운 과거를 돌아보며 왜 사는지에 대해 처음으로 내 자신에게 물음을 던질 수 있었던 일생일대의 전환점이 되었어."

미희는 잠시 말을 끊었다가 다시 말했다..

"'5.18 광주'가 없었다면 나뿐만 아니라 업소 아가씨들 모두 사회의 어두운 그늘 속에서 여느 때처럼 남정네들에게 몸을 팔며 하루하루 연명하는 그 참담한 생활을 계속 이어갔을 거야."

미희의 목소리는 조금씩 당시 기억이 되살아나는지 억양이 높아지기 시작했다.

"나는 평소에도 진흙 속에서 더럽혀지지 않는 연꽃이 되고 싶었어."

종교가 없는 미희였지만 당시 죽을 뻔했던 기억들을 떠올리며 하늘에는 신이라는 존재가 있는 것 같은 표정으로 하늘을 한번 올려다보았다.

"우리는 근본부터 지독한 회색의 이방인이었어."

"지금처럼 숨이 붙어있는 동안 몸을 부지런히 놀려 여기저기 가서 청소도 하고, 식당에서 설거지도 하고, 시간이 나는 대로 폐지도 줍고 그러면서 입에 풀칠만 하면 됐지."

"……."

상희는 잠자코 듣고만 있었다.

현재 상희 역시 다른 사람들 도움 하나 없이 보증금 백만 원에 월세 이십만 원하는 광주 외곽의 허름한 사글세방에서 혼자서 미희와 비슷한 삶을 살고 있기 때문이었는지도 모르겠다.

"그건 그렇고 40년간 해묵은 '5.18 진상규명'은 올해도 그냥 지나가버리겠어."

"하긴 당시 광주시민들을 학살한 장본인들이 지금 나타나서 내가 그랬소, 라고 말하겠니?"

미희가 공허하고 흐릿한 목소리로 다시 말을 꺼냈다.

"누구나 가슴 속에 괴물 하나씩은 키우고 있다는데……."

"그 괴물이 언제 밖으로 튀어나올지 모르는 게 문제이지."

"……."

잠시 무거운 침묵이 이어졌다.

"벌써 시간이 이렇게나 되었네요."

상희가 하늘을 쳐다보며 말했다.

"그래, 벌써 내려 갈 시간이 다 되었네."

그녀들은 싸가지고 간 과일과 먹거리를 다시 보자기에 담아 넣었다.

"주인 아줌마! 아니 우리 엄마! 우리가 살아있는 동안 가끔 찾아올게요."

두 여자는 마지막으로 예를 갖춰 묘를 향해 큰절을 올렸다.

미희는 고문후유증 때문에 불편한 허리를 손으로 꽉 움켜잡으면서 자리에서 힘겹게 일어났다. 그러고는 소복 치마에 묻은 흙을 손으로 찬찬히 털어냈다.

멀리 보이는 산 뒤로 파스텔 톤의 저녁노을이 서서히 지고 있었다.

"우리 인생도 저렇게 지는 노을과 같겠죠?"

상희는 머뭇거리는 희미한 석양을 바라보면서 안쓰러운 마음을 느꼈다.

미희는 말없이 5월의 석양을 덤덤히 바라보며 상희의 손을 꼭 쥐었다. 가슴에 휑한 바람이 불었다.

그녀가 긴 세월동안 세상을 향해 처절하게 몸부림쳤던 고통스럽고 힘겨웠던 순간들이 주마등처럼 스쳐 지나갔다. 시간의 연기가 모락모락 피어올랐다. 불현듯 그녀의 폐부 속에서부터 뜨거운 덩어리가 물줄기가 되어 왈칵 용솟음쳤다.

5월 봄날을 가르는 유난히도 부드러운 산들바람은 그들의 어깨를 스치며 지나갔다. 어둑해지는 묘 주위에 피어있는 이름 모를 꽃들은 고유의 향기를 마음껏 내뿜으며 이리저리 흔들리고 있었다.

'5.18 광주'의 그 낭자한 선혈이 미희의 아슴아슴한 뇌리를 송곳처럼 다시 파고들었다.

이제야 그녀는 기나긴 꿈에서 막 깨어난 느낌이 들었다.